L'homme à la bagnole rouge

© L'Harmattan, 2001
ISBN : 2-7475-1758-6

Suzy Nikiéma

L'homme à la bagnole rouge

L'Harmattan	L'**Harmattan Hongrie**	**L'Harmattan Italia**
5-7, rue de l'École-Polytechnique	Hargita u. 3	Via Bava, 37
75005 Paris	1026 Budapest	10214 Torino
France	HONGRIE	ITALIE

A papa, mon premier lecteur
A maman, pour son soutien inconditionnel
A Tanty Amélie, pour son entière disponibilité
A Monsieur Mahamoudou Ouédraogo, Ministre des Arts et de la Culture, qui, en initiant la Foire Internationale du Livre de Ouagadougou (FILO), m'a ouvert des horizons
A Sami Tchak, pour ses encouragements
A toutes celles et à tous ceux qui, de près ou de loin, ont rendu possible l'écriture et la parution de ce livre

L'homme poussa la porte du cabinet médical. A la réception, la jeune secrétaire l'accueillit avec un sourire aimable.
- Bonjour Monsieur, dit-elle.
- Bonjour Mademoiselle. Je viens pour les résultats de mes analyses...
Il n'avait pas encore fini de parler que le docteur sortit de la salle des consultations derrière un malade fatigué et au visage très maigre.
- Ah, docteur, fit l'homme, bonjour !
- Bonjour, cher ami ! Vous allez bien ?
Le médecin lui sourit, puis lui dit, en baissant les yeux : « Entrons dans mon bureau ».
Vingt minutes plus tard, l'homme, qui s'appelait Alphonse Sawadogo, quitta la clinique. Il monta à bord de sa voiture. « Maintenant, je sais que j'ai cette maladie », songea-t-il. Sa voiture démarra.

- C'est tout pour aujourd'hui ! Mais je vous rappelle que vous aurez un devoir demain matin. Compris ?
- Oui, bien compris !
Lundi : 12 heures. Les élèves de la 4e B du Collège de l'Avenir de Ouagadougou allaient repartir chez eux. Ils venaient d'avoir leur dernier cours du jour, un cours de mathématiques, passionnant pour celles et ceux qui étaient doués dans cette matière, pour une minorité en réalité, et toujours épuisant pour les autres qui n'attendaient donc que le son de la cloche, la délivrance.
Pamela et Aïda étaient, elles aussi, des élèves de cette 4e B. La première comprenait moins bien les maths que la deuxième, mais elles étaient de très bonnes amies et avaient toujours beaucoup de choses à se dire. D'habitude, bien qu'elles n'habitent pas le même quartier, elles faisaient un bon kilomètre ensemble rien que pour le plaisir de discuter, d'échanger quelques petits secrets de jeunes filles. Mais, ce jour-là, lorsque Aïda avait demandé à Pamela de l'accompagner à la poste où elle devait affranchir une lettre et encaisser un mandat que lui avait envoyé sa tante vivant en France, lorsque Aïda avait demandé à Pamela de l'accompagner donc, celle-ci avait refusé, avec regret : « Je ne peux pas, je dois regagner assez rapidement la maison. Ma mère est malade, c'est donc moi qui vais préparer le déjeuner ». Aïda n'insista pas, elle lui dit :

- Ce n'est pas grave ! Donc, à demain. N'oublie pas de préparer le devoir de mathématiques.
- Je n'oublierai pas. Merci.
- Bonne guérison à ta mère.
- Merci, Pamela.

Pamela se dirigea vers le marché pour acheter des condiments. « Je n'arrive toujours pas à dire la vérité à Aïda », se reprochait-elle tout en regardant à droite et à gauche pour traverser une rue envahie, à cette heure de pointe, par un flot de mobylettes, de bicyclettes et de voitures. « Je n'arrive pas à lui dire que je n'ai jamais connu ma mère, que Safi Sanfo, que je présente à tout le monde comme étant ma mère est plutôt ma grand-mère maternelle. Son mari Salif Sanfo est mon grand-père maternel et non mon père. Pourquoi ai-je du mal à dire la vérité même à Aïda qui est ma meilleure amie, celle qui ne trahira aucun de mes secrets ? Pourquoi ? Et puis, je viens de dire que Safi est malade ! Elle est plutôt alcoolique ! »

Pamela traversa rapidement la rue sous le soleil brûlant de Ouagadougou. A cause la sécheresse prolongée, il y avait beaucoup de poussière dans l'air. Elle se déposait en fines couches sur les cheveux et les paupières et salissait assez rapidement surtout les habits blancs. Pamela transpirait abondamment. « Dès que j'aurai fini de faire la cuisine, se disait-elle, je me laverai ». Mais elle se rappela qu'elle devra d'abord ressortir au bord de la rue pour appeler un vendeur d'eau qui leur apportera, à ses grands-parents et à elle, un tonneau d'eau monté sur une charrette. Avec la sécheresse, l'eau potable devenait une denrée précieuse à Ouaga, et l'on ne pouvait s'en procurer en quantité suffisante à la fontaine publique où elle était rationnée. Il fallait donc en acheter chaque jour.

« Tiens ! remarqua Pamela. On dirait que cette voiture me suit ! » En effet, depuis un moment, une BMW rouge roulait lentement derrière elle. Enfin, était-ce derrière elle qu'elle roulait ? C'était peut-être une simple coïncidence ! Pamela changea alors brusquement d'itinéraire, pour éviter la rue qui menait directement au marché. Elle fonça vers le Rond-Point des Nations Unies, comme si elle allait repartir vers la Présidence de la République du Faso, alors qu'elle pensait bifurquer vers Le Monument du Cinéaste Africain pour enfin retrouver le marché. Bien que cela rallonge inutilement son chemin, elle tenait à s'assurer que c'était elle que suivait cette voiture et à la semer par la même occasion.

« Ah, non ! fit-elle après qu'elle avait regardé derrière elle. Elle ne me suit pas. Non ! » Enfin, elle poursuivit son nouvel itinéraire jusqu'au marché. Au lieu de se diriger vers les étals de condiments, elle se laissa tenter par un marchand de chaussures qui criait, avec une petite cloche à la main, à l'adresse des passants : « Chaussures à petits prix, vraiment à petits prix ! » C'était un grand étal avec des tas de paires de chaussures de toutes les marques, dont la plupart étaient sans doute des produits de contrefaçon d'origine asiatique. Mais, dans ce fouillis de similicuir, de cuir véritable et de matière synthétique, Pamela repéra une paire, très jolie, qui était à la mode depuis quelques mois et que beaucoup de jeunes filles de son âge possédaient pour leur sortie des week-ends. Le marchand, un Mossi élancé et maigre, qui avait un bonnet noir sur la tête, avait lu dans ses pensées.

- Venez ! cria-t-il en lui faisant un signe de la main. Vous êtes jolie et je sais que vous mourez d'envie d'avoir cette paire-là ! Vous avez raison. Toutes les jeunes filles de votre âge l'ont déjà achetée. Essayez-la ! Tenez ! Mais tenez ! Elle ne va pas vous mordre ! Elle n'attendait que vous, voyons ! Allez !

Le marchand s'y prenait tellement bien que Pamela se laissa tenter, alors qu'elle n'avait que l'argent nécessaire à l'achat des condiments que lui avait remis, le matin, sa grand-mère Safi Sanfo. Mais cette paire la tentait beaucoup. Elle la prit des mains du marchand.

- Je n'ai pas d'argent, fit-elle. Mais dites-moi quand même combien cette paire coûte !

- Six mille francs CFA seulement (60 francs français). Allez, je peux vous faire un tout petit prix, tout petit, ma chérie, allez !

Pamela tâtait les chaussures avec une grande envie. « Elle va me les acheter, elle ne peut que les acheter », pensa le marchand.

- Six mille francs FCFA ! Elles sont belles, c'est vrai, très belles, mais...

- Pas de mais entre nous, ma chérie, je vous ai dit que je vais vous faire un tout petit prix, un prix vraiment tout petit !

Il les connaissait bien, toutes ces jeunes filles. Quand elles veulent vraiment quelque chose, elles savent comment l'avoir. C'est facile pour elles. Oh, avec un corps comme ça, dans Ouaga en plus, six mille francs, ça se gagne en une minute, ça ! Il leur suffit de monter à bord d'une voiture et d'aller avec l'homme qu'il faut dans un hôtel. Hop là ! L'argent, elle l'a, c'est facile.

- Si tu veux, je peux te les mettre de côté. Tu paies la moitié tout de suite et tu reviens payer le reste après, insista le marchand pour influencer Pamela.

Pamela sourit :

- Je n'ai même pas cent francs, je vous dis.

- Moi je vous l'offre, dit alors un homme derrière Pamela. Il était arrivé là depuis un moment et avait par un signe de la tête prié le marchand de faire comme s'il ne l'avait pas vu. Pamela se retourna, surprise de se retrouver face à face avec un inconnu qui lui souriait aimablement.

- Combien elles coûtent déjà ? demanda l'homme. D'ailleurs, l'argent, pas de problème, conclut-il lui-même. Puis, il plongea la main dans la poche de son pantalon d'où il sortit une liasse de billets de dix mille francs. Un tas à faire rêver beaucoup de personnes. « Encore un qui veut m'acheter par une paire de chaussures », se dit Pamela, puis elle sortit alors de son silence :

- Monsieur, je ne vous connais pas et vous ne me connaissez pas, vous non plus. Je ne vois donc pas...

- Mademoiselle, le monsieur est gentil ! Tenez vos chaussures, réagit le marchand, agacé.

Il emballa la paire et la tendit à Pamela.

- Ne faites pas l'idiote. Vous venez de quelle planète, vous ? Tenez vos chaussures et remerciez ce gentil monsieur, oui !

L'inconnu tendit un billet de dix mille francs au marchand : « Tenez votre argent et remettez-lui les chaussures ». Le cœur de Pamela se mit à battre rapidement. Beaucoup de personnes suivaient de près ou de loin cette scène. Pamela voulut alors se sauver. Mais l'inconnu lui saisit le bras et dit, entre deux sourires : « Je me présente quand même ! Je m'appelle Alphonse Sawadogo. Et vous ? »

Pour toute réponse, Pamela lui serra la main. Elle accepta enfin le paquet.

- Merci, monsieur, dit-elle très confuse.
- Pas de problème ! C'est un cadeau.

Elle baissa les yeux et se perdit aussitôt dans la foule. Quelques mètres plus loin, elle s'arrêta pour regarder derrière elle. Elle craignait que l'homme ne la suive. Mais elle ne le vit pas. Elle fit alors ses emplettes, acheta les condiments dont elle avait besoin pour le déjeuner et le dîner de la famille. Au moment où elle quittait le marché, elle vit, à quelques mètres, l'homme qui lui avait offert la paire de chaussures quelques minutes plus tôt. Il venait de s'engouffrer dans une BMW rouge, la même voiture qu'elle avait déjà remarquée, qui l'avait donc effectivement suivie. « Ah, tiens donc ! Qui est cet homme ? »

Elle reprit son chemin. « Beaucoup de jeunes filles de mon âge, se disait-elle, donneraient tout pour qu'un homme comme lui s'intéresse à elles. Un homme riche qui roule en BMW à Ouagadougou ici, c'est quand même une bonne affaire pour une fille pauvre mais soucieuse de son apparence ! Oui, d'autres seraient montées tout de suite à bord de cette bagnole rouge et auraient été heureuses de s'afficher avec cet inconnu ». Une vague tristesse l'envahit. « Ah ! Grand-mère est sans doute en train de hurler de rage parce que je ne suis pas encore arrivée à la maison pour faire la cuisine. Et puis, mon Dieu ! Comment réagira-t-elle quand elle me verra avec ces chaussures ? Elle ne me croira pas, elle pensera que je me suis prostituée pour les avoir ! » Pamela s'arrêta au bord de la rue pour attendre un taxi qui allait vers son quartier. Elle dut attendre pendant dix minutes, puis un vieux taxi arriva, ayant déjà à son bord trois passagers.

- Allez, montez, Mademoiselle, dit le taximan.

Elle monta à bord du taxi qui redémarra aussitôt.

Pamela habitait avec ses grands-parents dans un quartier nouvellement loti de la ville. Il y avait un mélange de belles villas et de maisons modestes en briques de terre cuite ou en banco. La demeure de Pamela et de ses grands-parents appartenait à la dernière catégorie, une maison en banco comportant un logement de trois pièces et deux d'une pièce (des « entrer-coucher » dans le langage local), puis, deux autres petits bâtiments indépendants dont l'un était occupé par le chef de la famille, le grand-père de Pamela, alors que l'autre servait à la fois de débarras et de cuisine. Le tout était entouré d'un mur rectangulaire en argile.

Le grand-père de Pamela, un chauffeur retraité, avait maintenant un hangar au marché du quartier où il vendait des fourneaux et de vieilles casseroles. Salif Sanfo, ce grand-père donc, passait toute la journée au milieu de son bric-à-brac et ne revenait à la maison que le soir. Quant à sa femme, Safi Sanfo, la grand-mère maternelle de Pamela, elle était une mouche des cabarets du coin. Mais, avant de sombrer dans l'alcoolisme, elle fut une vendeuse de fruits. Comment en était-elle arrivée là ?

Quand Pamela parvint enfin chez elle, elle fut accueillie par sa grand-mère, un peu ivre et très en colère :

- Tu traînais en ville comme une chienne, hein ? Tu vas me dire que c'est maintenant que l'école est finie ?

- Mère...

- Quoi, mère ? Depuis que tu es partie du collège, qu'est-ce que tu foutais en ville ? Oh, les enfants d'aujourd'hui !

Pamela ne pouvait pas se défendre de façon convaincante parce qu'elle les avait encore, les chaussures que l'inconnu lui avait offertes. Même si sa grand-mère n'avait pas entièrement raison, Pamela se sentait un peu coupable. Pourquoi avait-elle accepté le cadeau de l'homme ? Elle n'était pas si naïve que ça et devait se douter que s'il l'avait suivie jusqu'au marché, il saura la retrouver pour demander son dû. Il n'avait pas pu lui offrir des chaussures sans arrière-pensée !

- Mère, fit-elle enfin, tu es fatiguée. Repose-toi. Je vais faire la cuisine, d'accord ?

- Cuisine ? Eh bien, ça ne me dit pas avec qui tu traînais en ville, hein ?

La vieille Safi accepta cependant d'aller se coucher. Elle s'endormit aussitôt, alors que Pamela était en train d'attiser le feu avec un vieil éventail. Elle dormait la bouche ouverte. Les mouches venaient par dizaines envahir son visage. On dirait qu'il ne s'agissait plus que d'un cadavre ! En tout cas, Pamela avait eu le temps de cacher ses chaussures dans la chambre. Maintenant, fredonnant une chanson en vogue du Burkinabè Nick Domby, *M'ba Paulé*, elle s'acquittait de son travail domestique avec l'adresse d'une femme adulte. Pas étonnant ! Elle avait commencé à faire la cuisine avant même d'avoir cinq ans !

Le plat de ce jour, c'était du *to*, une sorte de purée compacte à base de farine de maïs, consommée avec une sauce au goût, ou selon les moyens, de chacun. Avec une petite calebasse,

Pamela en faisait des boules qu'elle déposait délicatement dans un grand bol. N'ayant plus sur elle qu'une vieille jupe et un soutien-gorge, son corps, du visage aux pieds, ruisselait de sueur. La fumée se dégageant du feu de bois lui piquait les yeux, mais elle souffrait beaucoup plus de la brûlure de cette purée qu'elle modelait avec la main droite pour donner à chaque boule une forme parfaite. C'était tout un art.

Enfin, elle servit du *to* dans un bol pour sa grand-mère, puis dans un autre pour son grand-père alors au marché, et dans un troisième pour elle-même. Rapidement, elle se changea. Et, sous le brûlant soleil de Ouaga, elle quitta la maison pour se rendre au hangar de son grand-père à pied, tenant dans un panier recouvert d'un torchon propre le repas que le vieil homme devait attendre avec impatience. Et maintenant qu'elle se retrouvait encore dans la rue, comment aurait-elle pu s'empêcher de penser à l'homme à la bagnole rouge, celui qui lui avait offert des chaussures ? Elle se retournait pour regarder derrière elle. La suivait-il encore par hasard ?

Vingt minutes plus tard, Pamela arriva au hangar de son grand-père. Salif Sanfo, qui arborait un boubou à l'échancrure bâillante, tournait autour de ses fourneaux. Depuis quelques mois, il n'avait plus beaucoup de clients. Ses revenus ne faisaient que baisser. Dès qu'il vit arriver sa petite-fille, il s'assit sur son tabouret.

- J'attendais depuis longtemps ce repas. Allez, donne-le-moi avant que je ne m'évanouisse.

- Père, excuse-moi, je n'ai pas fait la cuisine à temps.

- Pamela, ne t'excuse pas. Si Safi pouvait, elle aussi, s'en occuper, au lieu d'aller ruiner sa vie dans les cabarets, tu te reposerais beaucoup plus et consacrerais davantage de temps à tes études. Ma petite, allez, ne t'excuse pas.

Il mangea avec beaucoup d'appétit, rota trois fois pour remercier Dieu de lui avoir accordé ce bonheur. « Tant qu'on a quelque chose à se mettre dans le ventre, dit-il, on doit aimer la vie ». Pamela le quitta. Elle ne retrouva pas, à la maison, sa grand-mère qui, après avoir déjeuné, était repartie au *Cabaret de Célestine* pour « voir le fond du canari ». Seule, Pamela s'attaqua à d'autres travaux ménagers et ne put commencer à préparer son devoir de maths du lendemain matin qu'à 17 heures 30.

C'était une élève plutôt moyenne. Mais quand on connaissait bien les conditions dans lesquelles elle vivait, on pouvait la féliciter d'être capable d'un tel exploit, bien qu'elle ne soit qu'en classe de 4e à dix-sept ans, alors qu'elle était entrée à l'école à six ans. Elle tenait à avoir au moins son BEPC.

Alors qu'elle était en pleine révision, elle se rappela qu'elle n'avait pas encore essayé ses chaussures. « C'est maintenant qu'il faut le faire, maintenant que je suis seule, si je tiens à les cacher pour éviter la foudre de Mère ! » Elle abandonna ses cahiers pour entrer dans la chambre qu'elle partageait avec Safi. Elle essaya ses nouvelles chaussures. « Oh, elles me vont tellement bien ! » se dit-elle. Mais un détail la rendit triste : les chaussures seules, quelle que soit leur qualité, ne font pas l'élégance. Or, Pamela n'avait que des fringues démodées que lui achetait sa grand-mère qui ne souhaitait d'ailleurs pas la voir s'habiller à la manière des autres filles qu'elle qualifiait de « petites chiennes qui font les rues ».

Pamela n'était pas une adolescente libre. Bien qu'elle ait déjà dix-sept ans, elle n'avait que très rarement l'autorisation de sortir. Elle ne pouvait pas non plus accueillir à la maison un jeune admirateur. Safi contrôlait ses faits et gestes comme si elle avait été en prison. Pamela en souffrait beaucoup et enviait ses camarades de classe qui avaient toujours quelque chose d'intéressant à raconter sur leur week-end passé avec leur copain. « J'aurais voulu être un peu plus libre. Si ma mère avait été encore en vie... » Sa mère Salimata, alias Carmen !

Tout ce que Pamela savait de cette mère ? Pas grand-chose ! Il semble que ce fut une belle femme qui avait eu des mœurs assez libres. Elle tomba enceinte et eut une fille. Elle n'en faisait, dit-on, qu'à sa tête. La preuve, elle avait, contre le souhait de ses parents, tenu à donner à sa fille, à la place d'un prénom local, un prénom qui faisait penser aux héroïnes des feuilletons américains. N'avait-elle pas, elle-même, choisi finalement de se faire appeler Carmen plutôt que Salimata ? Alors ? Au lieu qu'elle donne à sa fille un prénom musulman comme Aïcha par exemple, elle avait choisi quelque chose de plus moderne : Pamela. Comme Pamela Anderson !

Hélas, elle n'eut pas le temps d'élever sa Pamela : huit mois après qu'elle avait mis celle-ci au monde, elle mourut. Quant au père de Pamela, personne ne savait qui il était ! Il n'y avait que Carmen pour le savoir, mais elle ne l'avait présenté à personne avant de mourir. Était-il vivant, lui ? Mort ? Inconnu. Donc, Pamela était une enfant qui n'avait pas connu sa mère et qui ne savait même pas qui était son père.

Pour sa grand-mère Safi Sanfo, il n'y avait qu'une certitude : « Ton père est un salaud ! » Salaud ou pas, il avait bien existé, ce père ! Et le fait de ne pas savoir qui il était constituait une honte pour les

Sanfo. C'est pourquoi dans le nouveau quartier où ils avaient aménagé, Safi et son mari avaient préféré laisser croire à tout le monde qu'ils étaient le père et la mère de Pamela. « Nous l'avions eu un peu tard, expliquaient-ils. C'est Dieu qui l'a voulu ainsi ». Bien que la ville de Ouaga soit assez vaste, pouvaient-ils cacher aux nouveaux voisins ce que les habitants du quartier qu'ils avaient quitté, Kologh-Naba, savaient déjà, à savoir que Pamela était une bâtarde ? Enfin, jusqu'à présent, tout le monde semblait prendre les choses comme ils l'avaient souhaité, les gens les appelaient moins par leur prénom que par « le père de Pamela », « la mère de Pamela ».

- Mon Dieu, quel devoir !
- Tu peux le dire, Pamela ! Même moi qui y voyais d'habitude un peu plus clair que toi, je n'ai absolument rien compris aujourd'hui. Absolument rien. On dirait que le prof le fait exprès.
- Je crois qu'il le fait exprès.

En effet, le devoir de mathématiques de ce matin avait sonné tous les élèves de la 4e B. Même les plus calés dans cette matière avaient, à la fin de l'épreuve, une petite mine. Ceux qui se faisaient appeler Pythagore avec raison, reconnaissaient eux aussi avoir vu bleu. Pour Pamela, c'était plutôt rassurant : elle n'était pas plus bête que les autres, les maths étaient difficiles pour tout le monde. Elle quitta le Collège avec son amie Aïda. Nombre de leurs camarades montaient sur leur bicyclette ou sur leur mobylette, d'autres attendaient papa ou maman qui viendra les chercher en voiture. De tous les coins de la cour de l'établissement, s'élevaient des éclats de rire, des échanges de propos amicaux ou méchants.

Pamela et Aïda faisaient partie des élèves qui venaient au collège et repartaient à la maison à pied, ou montaient parfois à bord d'un taxi.

- J'ai vraiment soif, dit Aïda. Je vais acheter de l'eau glacée.
- Moi aussi.

Elles appelèrent un jeune garçon qui portait sur la tête une « Thermos » avec du jus de fruits, de l'eau simple et de l'eau sucrée épaissie avec de la farine de mil, le tout contenu dans des petits sachets transparents. « Zom koma soba ! » (vendeur d'eau). Le jeune garçon arriva assez rapidement et leur vendit deux petites bouteilles d'eau sucrée qu'elles burent au goulot. Elles reprirent leur chemin. Malgré les hauts caïlcédrats qui les bordaient, les rues de Ouaga semblaient nues, le soleil s'infiltrait partout et mordait dans la chair avec une rare sévérité.

- Ah, quelle chaleur ! On ne dirait même pas que je viens de boire de l'eau, moi, mon Dieu !
- Tu vois, Aïda, les gens ont raison ! Ouaga sans char, c'est la galère.
- Oh, même avec un char (mobylette), c'est la galère. Tu crois que c'est mieux avec une mobylette sous ce soleil ? Non, il faut une voiture. Eh Pamela ! Quelle coïncidence ! Regarde ! On dirait que ce type dans la voiture rouge-là nous fait signe ! Oui, il nous fait vraiment signe. Tu le connais ?
- Qui ? fit Pamela.
- Tu le connais donc ? On dirait que tu es troublée. Dis, tu es troublée ?
- Enfin, pas vraiment. Mais j'ai déjà vu cette voiture quelque part.
- Pamela ! Tu ne sais pas mentir. Qu'est-ce que tu me caches ?
- Aïda, ce n'est pas ce que tu crois. Enfin…
- Bon, j'ai compris. Tu m'en parleras après. Je vais vous laisser, il semble impatient de me voir partir. Tu me raconteras demain, d'accord ? Bye.

Aïda s'éloigna aussitôt. Confuse, Pamela fit semblant de n'avoir pas vu l'homme à la bagnole rouge. Elle reprit donc son chemin. Aussitôt, la BMW démarra derrière elle et la rattrapa. « Voulez-vous monter, Mademoiselle ? Je vais vous ramener », dit l'homme après avoir baissé la vitre avant côté droit. Pamela ne réagit pas, elle marchait toujours en regardant droit devant elle. Mais comme l'homme insistait, elle explosa de colère :

- Je ne vous ai pas demandé de m'acheter des chaussures. Cela ne vous donne donc pas le droit de me harceler en pleine rue. Je ne suis pas une pute ! Foutez-moi la paix !

- Quel caractère ! fit Alphonse Sawadogo, nullement découragé par l'attitude peu amicale de Pamela. Et si vous montiez maintenant ? Nous gagnerions du temps, non ?

« Ah, se dit Pamela qui crut comprendre tout maintenant. Ça doit être l'un de ces hommes qui ont le sida et achètent le plus grand nombre possible de femmes pour leur transmettre le virus ! Je suis persuadée que ce monsieur veut me tuer ». Convaincue qu'elle avait raison, elle se pencha vers lui :

- Monsieur Sawadogo, je ne mourrai pas avec vous, vous ne m'aurez pas.

Puis, elle éclata de rire. Elle remarqua alors que l'autre avait changé d'humeur. Il était devenu soudain triste. En effet, cet homme, qui n'avait pas le sida, était quand même atteint d'une maladie contre laquelle il n'avait que très peu de chance. Comment avait-elle pu le deviner ? Ça se voyait tant que ça ?

- J'ai vu juste donc ? Vous voulez me foutre votre sida dans le sang, vicieux ! Non, vous ne m'aurez pas.

Pour lui ce fut plutôt un soulagement. Évidemment, oui, elle ne pouvait pas penser à autre chose. Bon, voilà, elle était loin de la vérité, bien loin de la vérité.

- Si j'avais eu le sida, dit-il et que je l'avais souhaité, dans cette ville de Ouaga, tu crois que je n'aurais pas trouvé des tonnes de femmes prêtes à coucher avec moi pourvu que je les paie ? Surtout avec toutes ces prostituées étrangères qui travaillent dans les centaines de bars et buvettes de la ville ?

Pamela eut un peu honte.

- Soyons un peu sérieux ! Écoute, monte ! Les gens nous regardent ! Allez !

Donc, que voulait-il au juste ? Pourquoi elle ? Elle regarda dans tous les sens et constata, en effet, que beaucoup de personnes les regardaient. Elle eut alors honte en s'imaginant ce qu'ils devaient tous se dire : « Une jeune collégienne qui fait la pute après les cours ». Avec la réputation des jeunes filles en général et des collégiennes, lycéennes et étudiantes en particulier, une telle idée s'imposait. Pamela voulut alors se sauver rapidement de ce lieu, fuir tous ces regards pleins de calomnie. Elle monta à bord de la BMW qui démarra aussitôt. Pendant plus de dix minutes, ils n'avaient pas échangé un seul propos, chacun semblant attendre que l'initiative de la conversation vienne de l'autre.

Pamela remarqua que l'homme n'avait pas besoin de ses indications, il suivait machinalement le bon itinéraire. Il confirma d'ailleurs cette impression quand il lui dit : « Je vais couper par ici. Cela nous fera gagner du temps. Il nous suffira d'arriver à la Cité An II pour être à la Patte d'Oie. De là, nous arriverons plus rapidement dans ton quartier.

- Donc, vous connaissez ma maison ?
- Mon instinct, seulement mon instinct.
- Ne vous moquez pas de moi, vous voulez ? Depuis quand me suivez-vous donc et pourquoi ?

- Depuis le jour où j'ai décidé de te donner mon sida, répondit-il en riant aux éclats.

Confuse, elle lui dit : « Bon, j'ai eu tort pour ça ! Mais comprenez-moi ! » Puis, le silence retomba entre eux. La voiture d'Alphonse Sawadogo accéléra après un carrefour. Dix minutes plus tard, elle s'immobilisa devant une très modeste maison.

- Voilà, on est arrivé, fit Alphonse en ouvrant la portière à Pamela.

- Mais franchement ! Je croyais être une jeune fille banale qui n'intéresse personne. Je vois que je me trompe. Sans blague ! J'espère que vous n'en savez pas plus sur moi que je ne le sais moi-même !

- Peut-être que si ! Pourquoi pas ? Allez, serre-moi la main et va te reposer. Tu dois être fatiguée, Pamela. Et je ne souhaite pas que ta grand-mère me voie ici.

- Ma grand-mère ? Comment ça ma grand-mère ?

Il savait tout, cet homme ! Il savait que Safi était sa grand-mère et non sa mère. Que savait-il d'autre donc ? Elle se sentait maintenant presque nue devant lui. Elle était à la fois effrayée et fascinée par cet homme qui surgissait dans sa vie comme un détective privé, qui semblait jouer avec elle comme un chat le ferait avec une souris qu'il avait déjà vaincue.

- Pamela ! Pamela ! cria Safi, la grand-mère, du fond de la cour.

- Eh ben, moi je me sauve et te dis à la prochaine.

Sa voiture démarra juste au moment où la vieille Safi, soûle, mais lucide, arrivait avec un balai à la main.

- Aya ! Wende ! (Dieu en moré, langue des Mossi). Maintenant, des hommes te ramènent même en voiture, hein, Pamela ? Ils ne se contentent plus de le faire dans mon dos. Oh, ils vont bientôt me demander de vous faire le lit. Dis-moi, Pamela : qui est cet homme ?

- Mère, je ne le connais pas. Voilà !

- Oui, quand on vous prend la main dans le sac, c'est toujours « je ne le connais pas ». Et même quand il y aura quelque chose dans le ventre, non, on n'a jamais rien fait ! Depuis quand tu couches avec lui ?

- Mère, tu es soûle. Je ne connais pas cet homme.

- Gnègnè ! Gnègnè ! Je ne le connais pas. Et puis quoi encore ? Tu te souviens au moins que tu étais dans la voiture de quelqu'un ? Mon innocente Pamela, ma chérie, tu ne les connais pas, ces hommes, mais ils t'achètent des chaussures ! Je bois, certes, mais je ne suis pas une idiote, allez ! J'ai vu tes chaussures bien cachées ! Qui est-il ? Avoue !

- Mère ! cria Pamela au comble de la colère, j'en ai assez. Je ne me plains jamais dans cette maison. Je fais seule tous les travaux domestiques. Père reste indifférent à mon sort. Je supporte ton alcoolisme à toi. Je n'ai droit à aucun divertissement. Et voilà que tu me traites de pute maintenant ! Aurais-je un jour le droit de respirer ?

- Wende ! Salimata tout crachée. Ta mère tout crachée ! Te voilà, Pamela, enfin sur les traces de ta mère, la plus grande prostituée de Ouaga...

La vieille avait oublié que, officiellement, c'était elle la mère. Heureusement qu'il n'y avait personne à côté ! Sinon, ce secret que la famille croyait protéger depuis toujours serait mort de lui-même ! La plus grande prostituée de Ouaga ? Ah bon ? Un bout par où entrer dans cette histoire que personne ne voulait lui raconter, l'histoire de sa mère ! Pamela encaissa les propos de sa grand-mère comme une piqûre de scorpion. Elle ne put retenir ses larmes. Safi, qui était arrivée avec l'intention de la frapper avec son balai, se rendit compte qu'elle était allée un peu trop loin, qu'elle avait lâché trop sa langue.

- Oh, Pamela, tu sais, une vieille alcoolique, ça dit n'importe quoi, tu sais ? Les propos d'une alcoolique, c'est comme un pet. Ça sort sans réfléchir, tu le sais ça, non ? Tu ne vas pas pleurer pour ça ?

Pire : elle était lucide. Le fait d'évoquer son alcoolisme comme une excuse était la preuve qu'elle avait dit ce qu'elle pensait. « Ma mère, une grande prostituée ? » Pamela sanglotait toujours. Elle alla s'enfermer dans la chambre pour cacher sa souffrance. « Ma mère... une pute... »

Ce jour-là, Salif Sanfo ne vit pas Pamela. Il attendit en vain son déjeuner. Lorsqu'il revint à la maison le soir, sa petite-fille était déjà couchée. Quant à sa femme, plus saoule que jamais, elle chantait à tue-tête, assise seule dans un coin de la cour.

- Oh, Salif mon mari est là. Salif, viens, viens, mais viens !

- Espèce d'ivrogne, se contenta de dire le vieil homme, qui vérifia que son dîner l'attendait bien dans la cuisine, mangea tranquillement, puis alla se coucher sans plus adresser la parole à sa femme ni chercher à savoir ce qu'avait Pamela pour qu'elle soit couchée à cette heure-là. C'était, dans cette famille, la personne qui semblait sourde et aveugle à tous les tracas des uns et des autres. Quels étaient ses soucis ? Quels étaient ses problèmes ? Personne ne le savait, il ne se confiait à personne. Il avait appris à vivre dans sa coquille, seul à côté de sa femme et de sa petite-fille.

Pamela n'avait pas dormi, elle. Elle s'était retournée plusieurs fois sur sa natte. On dirait que des punaises la piquaient. Enfin, c'était comme si... Car, il y avait des petites bêtes qui lui piquaient l'esprit. Les premiers chants des coqs la trouvèrent toujours éveillée. Elle n'avait eu qu'une idée en tête : avoir une discussion avec son grand-père dès le lever du jour avant que celui-ci ne s'en aille à sa « boutique ». Pour que l'attente lui soit moins pénible, elle décida vers 3 heures du matin de lire. Elle monta, sans se soucier de déranger la vieille Safi, la lumière de la lampe à pétrole. Elle prit au hasard, dans sa maigre bibliothèque, un roman. C'était *Les carnets secrets d'une fille de joie* de Patrick Ilboudo. Comme si, cette nuit-là, même la littérature avait décidé de lui briser le cœur en confirmant les propos de sa grand-mère : « Ta mère, la plus grande prostituée de la ville ». Elle rangea le roman du défunt Ilboudo à sa place, renonça à la lecture et commença à se ronger les ongles comme un enfant.

L'attente fut encore longue. Mais dès qu'elle perçut les quintes de toux de son grand-père, elle se leva pour courir vers lui. Salif Sanfo se lavait le visage avec une eau contenue dans sa bouilloire quand sa petite-fille était arrivée, les yeux rouges. Ignorant tout de l'histoire de la veille, il persista dans son indifférence jusqu'à ce que Pamela, au lieu de lui dire bonjour, l'aborde de façon brutale :

- Père, il faut que je te parle.

Salif Sanfo leva le regard vers sa petite-fille. Il se redressa. « Pamela, qu'est-ce qui ne va pas, dis-moi ? Tu as les yeux rouges. » Pamela avait réfléchi toute la nuit à ce qu'elle allait dire, mais devant le vieil homme, elle ne sut plus par où commencer.

- Je vois, tu t'es disputée avec ta mère, c'est ça ?

- Oui, fit-elle. Elle a dit que ma mère... que... qu'elle était une pute, la... la plus grande... de la ville... une prostituée... c'est elle qui...

Son grand-père garda son calme. Il se contenta de dire :

- Tu connais ta mère, non ? Elle avait bu...

- Non, je disais ce que je pensais ! interrompit la vieille Safi qui était maintenant à côté d'eux. J'ai bien dit que notre fille avait été la plus grande prostituée de cette ville. Toi, Salif, ose dire à Pamela que je mens !

- Tais-toi maintenant, ivrogne ! ordonna Salif, indigné.

- Ne vous disputez pas à cause de moi, intervint Pamela. Je veux seulement connaître la vérité. Et puis baissons la voix ! Les gens peuvent nous entendre !

Le vieux Salif Sanfo écarquilla les yeux. Il était gêné. Il n'avait jamais pensé qu'ils auront un jour, sa femme et lui, à revenir sur le destin tragique de leur fille Salimata... Il finit par se sauver de la maison, son magasin serait pour lui le meilleur refuge. Après le départ précipité de Salif Sanfo, la vieille alcoolique, Safi Sanfo, attira sa petite-fille contre son maigre corps. Elle la serra très fort.

- Pamela, crois-moi, ta mère, c'est d'abord ma fille. Penses-tu que je suis fière de dire que ma propre fille avait été une grande prostituée ? C'est une vérité amère, mais je n'ai qu'elle. Et c'est contre ça que je tiens à te protéger. Tu sais, tu es jeune et belle ! Mais c'est ce qui a tué ta mère, ma petite. Sa jeunesse et sa beauté l'ont brûlée comme le feu brûle une maison. Et sans nous, elle t'aurait laissée seule au monde alors que tu n'avais que huit mois. Tu peux me croire, quand un serpent te mord une première fois, même une ficelle te fait peur. Et personne ne me convaincra du contraire : je me méfierai toujours des hommes aux voitures. Ils m'ont tué Salimata, ma petite Salimata. Mais ils ne t'auront pas, toi. Tant que je serai vivante, moi, ils ne t'auront pas, toi.

    Elle serra sa petite-fille contre son maigre corps.

Après cette révélation sur sa mère Salimata (elle avait été une prostituée), Pamela n'était plus la même personne. Son homme à la bagnole rouge s'était manifesté plusieurs fois, lui aussi, en ville ou devant le collège. Elle appréciait finalement sa compagnie. Jamais il ne lui avait fait une proposition déplacée. Non, c'était plutôt comme un père. « Pamela, tu veux quelque chose ? Pamela, pourquoi tu es triste ? Pamela, tu as besoin d'argent ? Pamela, pourquoi tu pleures ? etc. » Il était vraiment un homme sensible.

    Au collège, Aïda tentait de comprendre l'humeur de son amie. Mais difficile de faire dire deux mots à Pamela. Confier un secret de ce genre lui était d'autant plus difficile qu'elle n'avait toujours pas eu le courage de révéler à Aïda que Safi Sanfo était plutôt sa grand-mère, qu'elle n'avait jamais connu ses vrais parents. Pourtant Aïda était une amie digne de confiance. Pamela et elle se connaissaient depuis la classe de 6e et jamais il n'y avait eu d'embrouille entre elles, elles s'entendaient très bien, même si Pamela était assez réservée, et Aïda plutôt expansive, un peu insouciante et bonne viveuse.

    - Pamela, dis-moi ce que tu as, enfin ! Le type ne t'a pas foutu une grossesse ? Je plaisante ! Mais tu as des soucis. Ça se voit. Alors ? Allez, raconte, je t'écoute !

    Pamela se racla la gorge. Oui, elle va lui dire tout.

- Tu sais, dit-elle, je me suis disputée avec ma mère.

- Et alors ? s'étonna Aïda. Moi aussi je me dispute avec ma mère ! C'est à cause du type à la caisse rouge, c'est ça ?

Pamela éclata de rire.

- Oui, c'est en partie à cause de l'homme à la bagnole rouge, admit-elle.

- Voilà ! Tu sais, j'allais même te dire que je l'avais croisé dimanche passé. J'étais avec mon frère qui m'avait remorquée sur sa mobylette. Nous passions sur l'avenue Kadiogo et allions vers la Place de la Révolution et je l'avais vu, lui, dans sa bagnole, au feu rouge à l'angle de l'avenue Kadiogo et du boulevard Che Guevara. Bon, il ne m'avait pas vue, moi ! On filait. Enfin, je t'écoute, allez !

C'est ce jour-là qu'elle avait pu raconter à Aïda une partie de cette histoire. Elle insista surtout sur l'achat des chaussures avant de donner quelques détails sur sa dispute avec la vieille Safi Sanfo. « Aïda, je t'avais toujours caché cette vérité. La vieille Safi est ma grand-mère et non ma mère. Le vieux Salif est mon grand-père ». Pamela constata que cette révélation n'étonnait pas tellement son amie.

- Tu le savais donc, Aïda ? demanda-t-elle.

- Pamela, les gens savent toujours beaucoup de choses sur nous.

- Comment tu l'as su alors ?

- Ne cherche pas loin, c'est toi-même qui me l'as dit sans t'en rendre compte. Un jour, alors que nous parlions de nos parents, tu avais lâché : « Moi mes grands-parents sont sévères, surtout ma grand-mère Safi ». Je n'avais pas relevé, mais ce détail ne m'avait pas échappé.

Pamela fut soulagée. Elle devint d'une meilleure humeur et se mit à rire. Aïda la regardait. Quand elle eut fini de rire, elle se remit à raconter son histoire, l'histoire des chaussures et la dispute avec la vieille Safi. Mais elle ne parla pas de ce qu'elle savait désormais sur sa mère Carmen.

- Donc, ce Monsieur Alphonse n'aurait aucune envie de te sauter dessus ?
- Non. Sinon, pourquoi perdrait-il tout ce temps ? Il a une belle voiture quand même, Aïda !
- On a une belle voiture et on les tombe toutes quoi ! Tu as raison. J'avoue quand même que c'est plutôt bizarre...

Alors que les deux jeunes filles continuaient de parler, assises à l'ombre d'un arbre géant, un bruit de voiture attira leur attention. Elles regardèrent dans la même direction. C'était la bagnole rouge qui arrivait avec à son bord le même homme : Alphonse Sawadogo.

- Nous avons de la visite, je crois, dit Aïda. Ah, tu sais, il est fou de toi. Il ne peut plus se passer de toi. Dis-moi : qu'est-ce que tu lui as fait ?

Elles éclatèrent de rire. La voiture rouge s'immobilisa à quelques mètres d'elles. Alphonse Sawadogo consulta sa montre.

- Salif, toi aussi, un fourneau comme ça à 1000 F ? Où veux-tu que moi je les gagne, les 1000 F ? Vraiment, c'est trop cher !
- Boureima, je sais que les choses sont de plus en plus chères ! Mais ce n'est pas moi, c'est le prix de la ferraille qui a augmenté, tu vois ? Non pour 600 F.
- 750 F : c'est tout ce que je peux donner.
- 750 F ? Mais moi je n'aurais rien là-dedans ! Bon, tu es un ami, donne l'argent !

    Salif encaissa l'argent et le fourra dans sa poche avec satisfaction. Eh bien, si la journée pouvait continuer ainsi, il dirait mille fois merci à Dieu ! Il était donc de très bonne humeur quand il vit arriver Pamela qui lui apportait son déjeuner. Cela tombait à pic, il avait déjà une faim de loup. Il sourit à sa petite-fille qui s'était arrêtée devant lui, elle aussi de bonne humeur.

    - Bonjour père, dit Pamela. Comment vont les affaires ?

    - Ça pourrait aller mieux, mais c'est déjà bien ce que j'ai pu vendre. La journée s'annonce vraiment bonne.

    Chaque jour, quand elle lui apportait le déjeuner, elle lui posait la même question. Mais elle avait rarement droit à une telle réponse. Salif Sanfo se plaignait plutôt de la mévente de ses articles. « Oh tu sais, ma fille, c'est de mal en pis. Depuis le lever du jour, je n'ai encaissé aucun centime... » Et il affichait sa tristesse. Il se mettait à manger sans le moindre appétit, comme si cela constituait pour lui une corvée. Mais ce jour-là, c'est en souriant qu'il mangea le *to* à la sauce d'oseille.

- Et ta mère, comment va-t-elle, elle ? demanda-t-il dès qu'il avait fini de manger et de se laver les mains.

La jeune fille hésita avant de répondre que « Mère » n'allait pas bien, elle n'était pas partie au cabaret. Elle profita alors de ce moment pour poser une question qu'elle brûlait d'envie de poser depuis un moment :

- Père, depuis quand boit-elle comme ça ? Tu m'avais dit, et elle aussi me l'avait confirmé, qu'elle était une vendeuse de fruits...

- ...oui, qui ne manquait de rien, une belle femme, ma Safi. Je l'ai dit et je le redirai devant Dieu.

Le vieil homme détourna son regard. Il savait où pouvait mener cette causerie apparemment banale. Et il n'était pas prêt à raconter à Pamela cette tragique histoire. Il n'avait qu'un souhait : que ce qui se préparait, à l'insu de Safi et de Pamela, rende cette dernière heureuse. Oh, lui Salif, qui donnait l'impression de se soucier peu du destin de cette fille, y pensait plutôt tous les jours. Mieux, il faisait aussi des choses concrètes pour la rendre heureuse. « Un jour, Safi et toi, vous vous rendrez compte que je ne suis pas l'homme froid que je semble être », songea-t-il.

- Ta mère ne buvait pas une seule goutte avant la mort de Salimata (il lui murmura à l'oreille : « Je dis ta mère parce que la rue a de grandes oreilles »). Tu sais, Salimata était tout pour nous deux. Enfin, toi tu es notre dernière enfant, tu comprends ?

« Oui, murmura Pamela. Je sais que Grand-mère avait eu un cancer de l'utérus et avait subi une opération qui l'avait rendue définitivement stérile. » Et dans une société où la polygamie était courante, Salif avait refusé d'épouser une deuxième femme. Dans une société où avoir beaucoup d'enfants constituait un prestige social, il avait renoncé à en avoir avec une autre femme, au risque de devenir la risée du quartier. Pamela savait déjà tout cela, mais jamais on ne lui avait dit que c'est à cause de la mort de Salimata que Safi Sanfo s'était mise à boire

- Pamela, un jour, tu sauras toute la vérité sur tout le monde. Mais sache que nous t'aimons et ne voulons que ton bien comme nous avions voulu celui de Salimata, tu comprends ?

Il se tut soudain, l'émotion lui nouant la gorge. C'était la 1ère fois qu'il parlait ainsi à sa petite-fille. Ne voulant pas le torturer davantage, Pamela quitta Salif. Quand elle arriva à la maison, Safi Sanfo était toujours là, la tête entre les mains, assise sur le même tabouret. Elle n'était pas allée au cabaret. Pamela s'approcha d'elle. La vieille femme leva le visage : elle était triste. Pamela devint triste, elle aussi. « Mère, je t'aime », dit-elle. Safi Sanfo écarquilla les yeux, elle voulut dire quelque chose à sa petite-fille, mais elle se tut pour hocher la tête.

Jusqu'au moment où elle devait retourner au collège pour les cours de l'après-midi, Pamela avait en mémoire cette douloureuse image de Safi Sanfo. Elle savait que la vieille femme pensait à sa fille. Elle avait tout perdu en perdant Salimata. Et, même si elle aimait Pamela, celle-ci devait aussi lui rappeler que sa vraie fille n'était plus de ce monde.

« Je dois donc faire attention à tous mes comportements pour ne pas aggraver le chagrin de

Grand-mère, se dit-elle. Je dois éviter tout ce qui lui rappelle négativement ma mère ». Et justement, elle avait décidé de mettre un peu d'ordre dans sa relation ambiguë avec l'homme à la bagnole rouge. Beaucoup de personnes commençaient à jaser dans le quartier. On la traitait de fille dévergondée qui se prostituait avec un vieux riche. Un jour, une pute du quartier lui avait même lancé : « Paraît que t'as pêché un gros poisson, dis ? » en lui faisant un clin d'œil complice. En effet, maintenant, tous les jours, Alphonse ramenait Pamela chez elle à bord de sa voiture. Il allait l'attendre à quelques mètres du collège et elle savait où le retrouver dès la fin des cours. Elle avait fini par apprécier cette situation. De celle qui marchait sous le soleil, elle était devenue celle qu'une BMW venait attendre.

« Oui ! se dit Pamela, il faut que je mette de l'ordre dans tout ça pour ne pas précipiter la mort de grand-mère ».

Pourtant, ce jour-là, elle monta encore dans la voiture d'Alphonse.

- Tu me sembles soucieuse aujourd'hui, je me trompe ?

- C'est vrai, reconnut-elle, je voudrais vous poser une question et je souhaite que vous soyez franc avec moi. Maintenant, je sais que ce n'est pas mon corps qui vous intéresse. Enfin... Mais que voulez-vous au juste ?

Alphonse freina soudain pour se garer au bord de la rue. Pamela fut surprise. Un instant, elle crut qu'il allait la jeter dehors sur le trottoir et son cœur se serra.

- Qu'est-ce qui t'inquiète, Pamela ? fit Alphonse.

- Je ne m'inquiète pas, ce n'est pas exactement ça. Mais mettez-vous à ma place. Vous n'auriez pas cherché à comprendre, vous ?

- Tu peux me tutoyer quand même ! Tu as raison. Mais, je pense que tu ne tarderas pas à comprendre pourquoi je m'intéresse à toi. S'il te plaît, ne me pose pas trop de questions.

- Je ne peux pas te forcer à me dire ton secret. Mais j'espère quand même que tu m'expliqueras tout cela le plus tôt possible.

- Fais-moi confiance, Pamela, c'est tout ce que je te demande pour l'instant.

La BMW se remit en marche.

Vers la fin du mois de mai, bien qu'il fasse un peu plus frais la nuit, les gens dorment avec plaisir sur la terrasse ou dans la cour pour profiter de l'air, même si les moustiques, toujours nombreux, les piquent ainsi plus facilement. Pamela, sa grand-mère et son grand-père dormaient, eux aussi, à la belle étoile dans leur cour. Ils étalaient des nattes à même le sol. D'habitude, ils se couchaient tôt. Après le dîner, n'ayant pas de divertissements particuliers, ils ne pensaient plus qu'à dormir. Là-haut, les étoiles et la lune frétillaient. Les bruits de la ville devenaient de plus en plus rares au-delà de minuit.

    Ce matin-là, après une nuit un peu agitée, Pamela fut la première à se lever pour aller chercher de l'eau à la fontaine publique. Ensuite, après que ses grands-parents s'étaient réveillés, elle balaya la cour et fit la vaisselle. Elle prépara, pour le petit déjeuner de la famille, une épaisse bouillie de farine de maïs. Pendant ce temps, Salif, étendu dans son long fauteuil, écoutait les nouvelles que la radio diffusait en moré (langue des Mossi). Il tenait, chaque jour, à savoir ce qui se passait au Burkina et ailleurs dans le monde. « Toujours des nouvelles tristes, des guerres, la famine, les guerres, les morts, commenta-t-il. L'Afrique est une maison qui brûle ». Il fut surpris de voir devant lui sa petite-fille, debout les bras croisés sur la poitrine. Elle portait une robe large et était pieds nus. La vieille Safi les rejoignit aussitôt, avec un sourire ironique sur les lèvres.

- Il y a quelque chose, Pamela ?
- Aya ! Quelque chose, tu dis ? Grande chose oui ! Le monde d'aujourd'hui, hon ! Enfin, écoute-la, elle veut te parler, notre Pamela.

Salif éteignit son transistor.
- Alors, Pamela ? dit-il.

Elle n'arrivait pas à le dire. Comment va-t-il le prendre ? Pourtant, cela pourrait être une bonne chose pour tout le monde ! « Allez, je vais parler ! »
- On t'a coupé la langue maintenant, Pamela ? Dis-lui ce que tu m'as dit sans trembler. Dis-le-lui !
- Tu peux arrêter de la brusquer ? intervint le vieux Salif. Ma fille, je t'écoute, tu sais ? Parle-moi.
- Quand elle va enfin te dire ce qu'elle prétend avoir à te dire, je verrai si tu vas continuer à la traiter comme ça. Ma fille, parle-moi ? Tu ne sais pas ce qui attend tes oreilles !
- Tais-toi enfin, Safi, et laisse-la parler si elle le veut !

Il tourna son regard vers Pamela. Celle-ci toussa, puis parla enfin.
- Père, c'est... balbutia-t-elle, j'ai... heu... rencontré un homme... qui...
- Qui quoi, ma fille ? Qui veut t'épouser ? Qui veut quoi enfin ?
- C'est que... Non, ce n'est pas...
- Allez, moi je vais te le dire. Il y a un homme qui la ramène ici en voiture. Je ne t'en ai jamais parlé parce que, enfin... Oui, Monsieur fait déjà de notre fille ce qu'il veut et cela ne lui suffit pas, il veut maintenant nous la prendre, l'adopter qu'il dit. Salif, adopter Pamela, je te l'ai dit, ce qu'elle voulait te dire. Pour une fois, sors de ta réserve, Salif !

— Tu te tais maintenant, intervint le vieux Salif agacé plutôt par l'attitude de sa femme et toujours très compréhensif à l'égard de Pamela. Il leva vers celle-ci un regard attendrissant accompagné d'un petit sourire. Il n'était nullement surpris par ce qu'il venait d'entendre.

— Parfait donc, Pamela ! C'est une bonne nouvelle, non ?

— Oh, wende, Salif tu es plus fou qu'elle ! Et moi qui croyais que j'étais la seule alcoolique dans cette maison ?

— Ma fille, je dis que j'ai tout compris, reprit-il en ignorant les lamentations de sa femme. Mais j'ai le droit d'en savoir un peu plus sur cet homme ! Comment s'appelle-t-il ?

— Alphonse Sawadogo, répondit Pamela d'une voix faible.

— Oh, donc un Mossi ! Un Sawadogo ! Parfait. Quelqu'un de chez nous ici, pas un inconnu. Mais que fait-il dans la vie ? Quel âge a t-il ? Tu connais sa famille ? S'est-il jamais marié ? A-t-il des enfants ? Sais-tu quelque chose sur ses parents ? D'où vient-il ?

— Merci Dieu, fit Safi, en joignant ses mains qu'elle leva vers le ciel. Et moi qui avais cru que tu étais fou, Salif ? Excuse-moi. Eh bien, ma chère Pamela, réponds à ton papa !

Pamela ne savait rien sur cet homme. Elle ne pouvait rien dire sur lui. Une fois, elle était allée se promener avec lui à travers la ville, puis un peu à l'écart de la ville. Ils étaient descendus, elle et lui, de la voiture pour prendre de l'air sur le pont de Baskuy et pour regarder couler l'eau de la rivière. Ensuite, ils étaient allés au sommet de la colline de Yagma, là où la Sainte Vierge aurait fait une apparition un jour, un lieu devenu saint, lieu de pèlerinage béni par le Pape lui-même. Alphonse avait prié en silence et Pamela s'était contentée de le regarder de loin. Elle ne lui avait posé aucune question.

Quand il était revenu auprès d'elle, il semblait plus heureux. Une autre fois, ils étaient allés se promener dans le Bois de Boulogne, sans avoir peur des délinquants qu'on y croisait parfois. C'étaient des promenades agréables au cours desquelles Pamela ne posait aucune question à Alphonse sur sa vie privée. Elle se contentait de dire à sa grand-mère qu'elle avait des révisions à faire avec Aïda, qu'elles devaient préparer un devoir ensemble. Aïda était bien évidemment au courant et complice de ces sorties qui ne cachaient rien de mal. Mais, à part ça, elle ne savait rien sur Alphonse, sinon que c'était un homme riche qui aurait loué une belle villa dans le quartier chic de la Zone du Bois (elle n'était jamais allée chez lui).

Pamela baissa les yeux.. Dehors, les bruits s'amplifiaient. Les rues et avenues étaient envahies par les motocyclettes, les vélos, les voitures personnelles, les taxis. C'était pour beaucoup de personnes l'heure du départ au boulot. Ce jour-là, Pamela n'avait pas cours. Quelques ânes tiraient des charrettes remplies de bois. Sous les hangars, il y avait déjà des inconditionnels de la bière de mil. Le soleil montait dans le ciel. Ouaga était donc dans son habituelle ébullition matinale.

- Ma fille, reprit Salif, allez, dis-le-moi, ce n'est pas compliqué ! Parle-moi de cet homme.

- Père, je ne sais pas grand-chose sur lui, dit-elle.

- Non, tu plaisantes, Pamela ! Tu es déjà sur le point de te faire adopter par lui !

- Père, je vous demande pardon, à Mère et à toi. Je vous demande pardon.

Après un petit silence, le père Salif cracha par terre. Puis, il se leva de son fauteuil. Il s'avança vers sa fille, on dirait qu'il était furieux, qu'il allait la frapper. Mais il posa plutôt sa main sur l'épaule de Pamela et lui dit :

- Eh bien, je vais te surprendre, Pamela. Je donne mon accord pour que cet homme t'adopte.
- Tu as bu, Salif ? s'emporta Safi.
- Non, dans cette maison c'est toi seule qui bois, Safi ! Quant à moi, je ne suis pas en train de plaisanter. Je demande seulement à cet homme de venir en discuter avec moi. Dis-le-lui, Pamela. Je souhaite le voir.
- Bon, mes oreilles ont perdu la tête, elles me jouent des tours. Ce n'est pas vrai ! Bon, je m'efface pour vous laisser seuls.

La vieille Safi sortit de la maison. Peut-être qu'elle se dirigeait de ce pas vers le premier cabaret du coin ! Pamela, plutôt confuse, aurait voulu la suivre pour lui demander pardon, pour lui dire qu'elle renonçait à... Mais elle n'avait pas bougé. Elle était restée là, figée, devant son grand-père qui continuait à la regarder affectueusement.

Le lendemain, dès qu'elle arriva au collège, elle se confia à son amie Aïda : « L'homme à la bagnole rouge souhaite que je vive avec lui ». Aïda éclata de rire. « Ah ! s'exclama-t-elle. Enfin ! Qui avait donc raison ? Vos promenades en voiture et tout ça, tu me disais que ce n'était rien ! Ou tu étais vraiment naïve ou tu avais cru que tu pouvais me faire marcher, moi ! Non, je savais depuis le début ce qu'il voulait, cet homme, disons maintenant ton chéri, Pamela, ta mine en dit long : tu l'aimes, toi aussi ! »

Pamela rit ironiquement et tapa sur l'épaule de son amie. « Tu as fini de délirer, ma chère ? Tu n'y es pas du tout ! Il veut plutôt m'adopter.

- T'adopter ? Mais quel vicieux celui-là !
- C'est comme ça que tu vois les choses, toi aussi ? J'ai l'impression d'entendre Grand-mère.
- Moi je n'ai rien contre lui, tu vois un peu ? Mais qu'il ne nous prenne pas pour des idiotes, allez ! C'est son droit de t'épouser. Mais s'il veut voir des films, qu'il aille au Neerwaya, à la Cité An III. Là, c'est du cinéma ! Mais quel malin, celui-là ! »

Finalement, Pamela se rendit compte que cette histoire d'adoption ne tenait pas debout, qu'elle était bizarre. M'adopter ? Qu'y avait-il derrière la démarche de cet homme ?

- Pamela, qu'as-tu soudain ? s'étonna Aïda en remarquant la tristesse de son amie.
- Je suis triste, Aïda, répondit-elle, c'est tout. Je n'ai aucun avenir, Aïda. Je ne suis qu'une bâtarde !
- Ne raconte pas de bêtises.

La cloche retentit. Les élèves devaient entrer dans les classes. Aïda et Pamela suivirent le mouvement de leurs camarades.

Après mûre réflexion, Pamela avait décidé d'éloigner définitivement Alphonse de sa vie, de lui interdire de la revoir. Elle venait de comprendre qu'elle-même devenait déjà dépendante du luxe qu'il lui faisait miroiter et qu'il la rendrait esclave d'une vie dont elle n'avait pas l'habitude. Mais le jour où elle avait pris la décision de le lui dire, il la devança : « Pamela, il est temps que tu viennes connaître chez moi. Il faut que tu en saches un peu plus sur moi, que tu saches quel homme je suis avant de décider si tu veux vraiment devenir ma fille adoptive ». Le ton sincère d'Alphonse l'avait désarmée. Alors, elle accepta son invitation : « D'accord, je vais venir !
- Je viens te chercher donc en voiture !
- Non, je saurai me débrouiller ».

Il la quitta en lui donnant toutes les indications nécessaires pour qu'elle repère facilement la villa. Il lui parla de sa bonne qui s'appelait Mariam. Selon les descriptions que Monsieur Sawadogo avait faites de cette femme, Pamela pensait qu'elle la connaissait. Donc, ce jour-là, elle se rendait, pour la première fois, dans la villa qu'habitait Alphonse Sawadogo. Elle était émue. Mais elle savait déjà ce qu'elle allait lui dire : « Merci pour ton offre, c'est vraiment gentil. Seulement, si je l'acceptais, ma grand-mère va mourir de chagrin. Je ne dois pas lui faire ça ».

Quand elle descendit du taxi et entra dans la belle demeure d'Alphonse, elle fut accueillie par une femme qu'elle connaissait très bien en effet et qui la connaissait, elle aussi. C'était bien de la même Mariam qu'il s'agissait.

- Oh, Pamela ! s'écria la bonne. Ça fait longtemps !
- Mariam ! Seules les montagnes ne se rencontrent jamais, n'est-ce pas ? Tu vis toujours à Kologh-Naba ?
- Oh non ! Il y a longtemps que j'ai quitté Kologh-Naba ! J'habite maintenant Pagalayiri. Et toi, ça va ?
- Oui, ça va.
- Le patron m'a dit que tu devais venir. Quand il a prononcé ton nom, j'ai su que c'est de toi qu'il s'agit. Oh, il t'aime beaucoup ! Il me parle toujours de toi. Pour lui, tu es déjà sa fille.
- Vraiment ? Il a dit ça, Mariam ?
- Il ne cesse de le dire. Chaque fois qu'il revient de la ville après t'avoir vue, il est heureux et me parle de toi sans se fatiguer. J'ai mis du temps avant de lui dire que je te connais très bien. Tu sais, tu as de la chance.
- Merci Mariam. Est-il là ?
- Pourquoi ne serait-il pas là, lui qui est impatient de t'accueillir pour la première fois chez lui ? Entre. Il t'attend dans le salon.

Pour Pamela, cette villa était indescriptible. C'était un paradis peut-être trop beau pour elle. Aurait-elle vécu dans cette villa ? Qu'avait-elle fait pour mériter cela ? Elle entra dans le salon, vaste et richement meublé. Elle se sentit insignifiante dans ce cadre. Alphonse, en boubou, un peu amaigri ces derniers jours, se leva du fauteuil rembourré où il était assis. Il ouvrit ses bras vers Pamela qui hésita un peu avant de s'abandonner à l'étreinte. Il la serra fort contre lui.

- Pamela c'est gentil d'être venue. Ça va ?
- Oui ça va.
- Assieds-toi. Mariam, sers-lui du jus de fruit.

Alphonse se tourna vers Pamela.
- Et ta copine Aïda ?
- Elle devait aller voir une tante malade qui est hospitalisée à l'hôpital Yalgado.
- Ah ! Bonne guérison de ma part... Parlant de malade, comment va ta grand-mère ?
- Ça va un peu mieux.

Alphonse sourit à la jeune fille. Mariam leur servit du jus de fruit avant de s'éclipser gentiment. Elle se faisait tellement discrète qu'on l'aurait crue complice de son employeur pour un complot contre la jeune fille. Mais Pamela se sentait en sécurité. Son cœur lui disait qu'avec cet homme, elle n'avait rien à craindre. Ils levèrent un toast à leur santé.
- J'ai pris tous les renseignements possibles au sujet de l'adoption dans notre pays, dit Alphonse qui jouait un peu avec son verre. Mais, avant de continuer, j'aimerais que tu me dises sincèrement, Pamela, ce que tu penses de ton vrai père.

Surprise, elle avala de travers son jus, elle reposa précipitamment son verre sur la table et se mit à tousser. Alphonse se leva. « Oh, excuse-moi ! Je t'ai fait avaler de travers ! » Pamela lui dit que ce n'était rien, alors qu'elle continuait à tousser. Elle toussa ainsi pendant trois minutes. Puis, quand elle reprit ses esprits, elle sourit à Alphonse.
- Qu'est-ce que je peux penser de lui sauf que c'est un salaud ? répondit-elle enfin. Il n'a jamais voulu de moi. J'ignore s'il est en vie ou s'il est déjà mort, et encore moins ce qu'il fait... Personne n'a su me parler de lui. Si tu veux, on peut parler d'autre chose.

- N'oublie pas que je veux t'adopter, il est donc préférable que l'on parle de ça. Tu me comprends ? On ne sait jamais, il peut surgir un jour comme ça dans ta vie, souhaiter te reconnaître, tu comprends ?

Pamela réfléchit un moment, puis, après un profond soupir, au lieu de dire qu'elle-même ne voulait plus de cette adoption, elle le regarda droit dans les yeux :

- Je ne pense plus du tout à ce père, c'est fini. Il a pu vivre dix-sept ans sans moi, je ne vois pas pourquoi il voudrait me voir maintenant !

Alphonse se leva et s'excusa de devoir aller dans les toilettes. Quand elle se retrouva seule, Pamela se leva pour regarder de près une photo dans un cadre. Elle montrait Alphonse et une jeune femme.

- Bon, je suis là, annonça Alphonse revenu des toilettes. Nous pouvons reprendre notre discussion, n'est-ce pas ?

Elle hocha la tête et se rassit poliment.

Quand elle arriva chez elle, Pamela n'y retrouva pas sa grand-mère. « Bon, elle va mieux maintenant, donc elle a repris le chemin des cabarets. Pas étonnant », songea-t-elle, avant de s'entendre interpeller :
- Pamela ! Pamela !
Elle se retourna.
- Qu'est ce qu'il y a, Youssouf ?
- C'est ta mère qui m'envoie. Elle t'attend près du cabaret d'à côté là, à l'angle de la rue.
- Pourquoi ?
- Tu le lui demanderas, non ? Moi, j'ai fait ma commission.
- Merci, Youssouf.

Youssouf s'en alla aussi rapidement qu'il était arrivé. La jeune fille ne réfléchit pas davantage. Elle posa son sac, prit un peu d'argent, ferma la porte à clé et sortit de la maison. Elle retrouva Safi à l'endroit indiqué.
- Mère, je suis là.
- Je te vois. Attendons un taxi.
- Mais où allons-nous, Mère ?
- Au cimetière, Pamela.

Au cimetière ? Oui, et pour « voir Salimata ». Cela faisait sept ans que Pamela n'était plus allée auprès de la tombe de sa mère. En fait depuis leur déménagement, elle n'avait plus osé y retourner. Safi, quant à elle, rendait souvent visite à sa défunte fille, à l'insu de tout le monde. Pamela était surprise de voir sa grand-mère soudain pleine de vitalité, elle qui, quelques heures plus tôt, geignait sur sa natte. Quand elles descendirent du vieux taxi, elles durent faire encore deux kilomètres à pied avant de parvenir au cimetière. Il était 10 heures 50 ce vendredi, mois de juin, un beau temps et un vent léger et frais. Safi entraîna Pamela à travers les tombes dont la très grande majorité étaient modestes, de simples élévations de terre. Celle de Salimata était de ces buttes anonymes et Pamela sentit une émotion intense en s'arrêtant devant elle.

« C'est ici, fit simplement Safi. Son visage était impassible ». Après un long silence, elle prit la main de sa petite-fille : « Viens ! » Elle l'amena sous un vieil arbre à l'écart du cimetière. Pamela avait la gorge sèche et aucune larme ne coula de ses yeux. Elle ne se rappelait pas avoir une fois pleuré sa mère.

Safi s'assit sur une grosse racine aérienne du vieil arbre. Pamela l'imita. « Le jour le plus heureux de ma vie fut celui de la naissance de Salimata, commença Safi. Il fallait la voir, ma Sali, avec ses grands et beaux yeux noirs, sa jolie petite bouche et plus tard ses dents d'une blancheur impressionnante ! Ses doux et longs cheveux faisaient penser aux enfants peuhls. Sa peau était d'un noir éclatant. A six ans, on se retournait déjà pour la regarder malgré ses haillons. C'était ma fierté à moi. Tu peux comprendre ça, ma fierté ? »

Sa voix se noua. « Tu te demandes pourquoi ton alcoolique de grand-mère te casse les oreilles avec ces détails inutiles ? Pas si vite ! Tu dois savoir qui était ta mère... Belle et elle le savait. Elle savait qu'elle avait quelque chose de précieux même si elle était issue d'une famille modeste ! Comment une fille aussi belle aurait-elle pu se contenter de la vie simple que nous lui donnions ? Comment aurait-elle pu éviter les frustrations devant des petites filles de son âge, moins belles, mais plus élégantes parce que leurs parents étaient riches ? Mais tu crois que moi je comprenais sa souffrance ? Je l'aimais, c'était ma petite Asfi à moi ! Donc, allez me dire de prêter attention aux changements de son corps ? »

Elle soupira longuement, puis hocha la tête. « Nous avons découvert trop tardivement le désastre, reprit-elle, quand, alors qu'elle avait seize ans, un riche commerçant vint nous demander sa main. Oh, tu peux me croire, celui-là, malgré sa richesse, il aurait eu notre non sur la gueule ! Donc, le fait que ta mère ait dit non ne pouvait pas nous choquer. Mais, Pamela, la manière de le dire nous ouvrit les yeux sur ce qu'était en train de devenir Salimata. « Qu'est-ce qu'il croit, celui-là ? avait-elle dit. Que moi je vais épouser un vieux ? Il rêve ! Moi, je suis une fille moderne, j'épouserai un homme jeune, beau, riche, moderne et monogame. Nous aurons une belle villa avec des domestiques, des voitures et je m'habillerai comme une vraie princesse. Ce sera ça ou rien ».

« Pamela, nous n'en revenions pas ! Quel esprit ! Quelle mentalité ! Tu me connais ? Je pique une colère et lui crie dessus : « Salimata, tu es folle ! » Devine ce que ta mère me répond ! « Je ne suis pas folle, mère. Vous, votre temps là, c'est fini ça ! Je suis jeune moi ! Belle et tout ! Il me faut de l'ambition. Et c'est moi qui vais vous sortir, papa et toi, de votre pauvreté. Dieu ne m'a pas donné la beauté pour que je la bouffe ! C'est pour que j'en profite ! » Voilà ce qu'elle m'a dit et avec quelle arrogance ! C'était foutu ! »

Safi se tut. Elle poussa un soupir, s'épongea le front avec un pan de son vieux pagne, puis reprit :

« Sali se mit à sortir toutes les nuits. Elle revenait à la maison quand ça lui plaisait. Elle fréquentait les lieux de la honte où elle rêvait de rencontrer son homme jeune, beau, riche, moderne et monogame. Bars, hôtels, boîtes de nuit, etc., où il y avait des touristes blancs. Pamela, ta mère, Salimata, était devenue une pute même ! Une pute, ma fille à moi… »

Safi ferma les yeux : « Ton grand-père, lui, il fait quoi à ton avis ? Eh bien, il cogne fort tous les jours. Oh, ta mère lui a dit : « Frappe ! Quand tu seras fatigué, tu vas laisser tomber, moi je sortirai chaque fois que j'en aurai envie ». Tu m'écoutes bien ? Esprit de pute, mentalité de pute, ta mère. Notre éducation-là : zéro »

Safi s'était tue depuis plus de dix minutes, complètement perdue dans ses pensées. Pamela avait hâte de connaître la suite, mais elle se garda bien de troubler la méditation de sa grand-mère. Finalement la vieille revint sur terre et reprit son récit : « Au début, je ne voulais pas regarder la réalité en face. Tu sais, une mère n'accepte pas, simplement parce que les yeux mêmes voient, que sa fille est devenue une pute ! Pamela, je voulais encore croire que ce n'était pas vrai, que ça n'arrivait qu'aux autres, tu vois ? Je tentais quand même de raisonner Salimata, je lui disais qu'elle était en train de prendre un mauvais chemin là ! Oh, écoute ce qu'avait rétorqué ta mère : « Maman, je ne suis plus une enfant de six ans ! J'ai seize ans ! Tu peux me foutre la paix ? » Et puis, ce n'est pas tout ! Quand ça lui prenait, c'est en français qu'elle me disait des gros mots. Moi, je ne comprends rien. Voilà ce qu'elle faisait, ta mère, me dire des gros mots en français, en riant en plus ! Je compris que je ne pouvais plus rien pour elle.

« Le jour où cela me sembla encore plus clair, c'est quand elle nous ramena, après une nuit à errer dehors, la somme, tiens-toi bien Pamela, la somme de cent mille francs ! Toi tu as à redire à ça ? De ma vie, je n'avais jamais encore vu autant d'argent à la fois dans la main d'une seule personne. Et voilà que ma fille les tenait comme ça, fière, tu vois un peu le genre ? Elle pensait que nous allions sauter de joie, la prendre dans nos bras, merci Sali, merci Sali. Non mais, non mais, quoi ? Nous sommes pauvres, mais nous avons notre dignité ! Nous savions comment elle les avait gagnés, ses cent mille francs. Tu sais, ça ne se cueille pas sur un arbre, ça ! Elle nous dit d'en dépenser autant que nous le souhaitions. Son père, dépassé, lui rétorque : « Je ne prendrai pas un seul centime de ton argent sale ». Il n'a pas raison, Salif, hein ? »

Maintenant, la vieille reniflait. Il était temps. Chaque parole sortie de sa bouche était comme un couteau qu'elle remuait dans la plaie. Elle se faisait mal, la pauvre. « Mais, reprit-elle, refuser de dépenser cet argent, bon, qu'est-ce que ça pouvait bien lui faire ? Elle s'en fichait, voilà tout. Maintenant, elle ne se cachait même plus. D'autres prostituées venaient à la maison pour la chercher. Et elles appelaient ça aller au travail. Est-ce que tu veux savoir ce que tu sais déjà ? Elle a pris un nom de travail : Carmen. Voilà comment on l'appelait là-bas où elle brûlait sa beauté pour de l'argent, ta mère, Carmen. A ton avis, qu'est-ce qui devait se passer ? Eh bien, le quartier commença à jaser, certains m'appelaient ironiquement la mère de Carmen. Quand j'en avais assez, je disais aux mamans d'aller s'occuper d'abord des fesses de leurs propres filles avant de venir me donner des leçons ».

Elle s'essuya les larmes. « Tu sais, le pire était à venir : ma fille tomba enceinte. Et le plus malheureux dans tout ça (excuse-moi de parler ainsi alors que ton histoire est liée à ça), c'est que la grossesse, ta mère l'avait cherchée, regarde-moi ! Et fière de l'avoir eue, oui ! « Aïe ! fis-je. Safi, tu es maudite ! Comment as-tu pu faire ça ? » Devine sa réaction ! « Mère, tu débloques ou quoi ? Tu ne comprends rien au monde, toi ! J'ai rencontré mon jeune homme beau et riche. Et tu crois que je vais le garder comme ça ? Mais avec un enfant, ça y est, je l'ai pour la vie ». Mais naïve comme pas deux, ta mère, Sali ! Comment avait-elle pu être assez sotte pour croire qu'un enfant suffirait pour garder un homme ? Trois mois passèrent et aucun jeune homme ne se présenta à la maison comme étant ton père. Le ventre de Sali commençait à pousser et ce fut le scandale ».

Safi secoua la tête et soupira : « Salimata n'a pas voulu avorter, bien qu'elle ait su que son plan avait échoué. Elle n'avait pas l'air d'en souffrir. Elle était simplement mélancolique. Elle ne sortait plus et se consacrait à toi. Elle avait dû perdre son espoir d'avoir sa vie de princesse. Nous commencions, ton grand-père et moi, à croire en sa guérison et je voulus même l'encourager à reprendre ses études... Oui, nous on croyait que les choses allaient mieux ! Oh, Pamela, aveugles, ta grand-mère et ton grand-père ! Aveugles et sourds ! Eh oui, dans le silence, ta mère Salimata avait des plaies à l'âme. Son cœur pleurait de douleur. Son corps criait de souffrance. Mais nous, tu sais quoi ? Nous n'avions vu que la surface de Salimata : des yeux redevenus beaux, un corps rajeuni et puis une mère qui semblait heureuse de la vie qu'elle menait maintenant, heureuse d'avoir sa Pamela.

« Voilà, nous n'avions pas vu que son intérieur était en feu, qu'il brûlait, qu'il pourrissait, que Sali était en train de se refuser. Tu avais juste huit mois et c'était un vendredi. Elle t'avait lavée, habillée, puis elle était venue te me remettre. « Maman, me dit-elle, tu ne trouves pas que Pamela me ressemble ?

- Ton portrait craché, Sali, en effet !
- Aussi belle que moi, tu ne trouves pas ?
- Pus belle que toi, Sali. Plus belle même.
- Elle connaîtra le bonheur, elle.
- C'est à Dieu de décider, lui ai-je rétorqué ».

« Alors, elle m'a souri et t'a laissée dans mes bras. Toi, tu souriais, Pamela. Ta mère retourna dans la chambre, elle m'avait dit qu'elle était fatiguée, qu'elle allait dormir. Quand, plus de trois heures plus tard, je voulus la réveiller, je l'appelai en vain. Alors, j'entrai dans la chambre. Et là, elle était couchée, tranquille. Pamela, elle s'était suicidée, ma Sali, elle était morte... »

La vieille Safi se jeta dans les bras de Pamela sous l'arbre dans les branches duquel un couple de petits oiseaux chantait, une mélodie du bonheur, un hymne à la vie.

Depuis une semaine, c'étaient les grandes vacances scolaires, un peu plus de deux mois de repos pour les élèves et pour les enseignants. Certains collégiens et lycéens quitteront Ouaga pour repartir dans leur région natale ou pour retrouver des parents à l'étranger, en Côte d'Ivoire ou en Europe par exemple. Pamela n'avait jamais voyagé, elle n'avait personne hors de Ouaga.

Ce jour-là, elle était dans un taxi. Pour la deuxième fois, elle se rendait chez Alphonse. Cette fois-ci, elle prendra son courage à deux mains pour le lui dire : « Maintenant, c'est clair, je ne veux pas devenir ta fille adoptive ». Quand elle aura fini de lui dire, avec beaucoup de gentillesse, cette vérité qui le blessera sans doute, elle repartira chez elle pour retrouver la vieille Safi Sanfo. En tout cas, la nuit dernière, elle n'avait pas dormi, elle avait pensé à ce problème et l'avait tourné et retourné dans tous les sens. C'était donc après mûre réflexion qu'elle avait décidé de dire non à Monsieur Sawadogo.

Pamela comprenait maintenant pourquoi sa grand-mère ne voulait pas la voir partir. Salimata avait profité de sa liberté pour se détruire et pour détruire, par-là aussi, ses parents. Comment pouvait-elle alors laisser sa petite-fille emprunter le même chemin du malheur brillant de mille promesses de bonheur ? Comment pouvait-elle laisser Pamela les quitter pour un homme riche comme celui derrière lequel Salimata avait couru pour son propre malheur ?

Alors qu'elle réfléchissait ainsi, le taxi arriva à l'arrêt le plus proche de la villa d'Alphonse. Son attention fut attirée par un attroupement de personnes devant cette villa, une agitation inhabituelle. Pamela eut une vague appréhension. Elle hâta le pas, le cœur battant de plus en plus fort. Quand elle parvint enfin devant la villa d'Alphonse, elle perçut des hurlements à l'intérieur.

- Qu'est-ce qui se passe ? demanda-t-elle à une femme dans la foule des curieux.

- Ah, le monsieur qui vit dans cette villa depuis quelques mois, on dit qu'il est mort !

- Quoi ? Qui ? s'étonna Pamela.

Elle s'empressa d'entrer à l'intérieur de la villa et, dès qu'elle vit Mariam la bonne, qui s'arrachait les cheveux, elle dut accepter l'évidence : cet homme est bien mort. D'ailleurs, les trois policiers, appelés par Mariam, qui avaient déjà fini de faire une partie de leur boulot, parlaient à haute voix de cette mort.

Pamela se dirigea vers Mariam. Celle-ci continuait de pleurer. « Pamela, le patron est mort ! » Pamela était paralysée, foudroyée par cette nouvelle. Oui, mort. Quand la bonne était arrivée, elle avait découvert Alphonse dans le salon. Il était assis dans le fauteuil, près de l'une de ses mains, un verre vide avait roulé sur le sol. Sur la table de chevet, il y avait un médicament sans étiquette, sans doute un poison ! Affolée, la bonne avait décroché le téléphone pour appeler la police. Dans un premier temps, elle avait failli s'enfuir pour éviter qu'on ne la considère comme une suspecte. Mais elle ne pouvait laisser « le patron » seul dans cet état. Et puis, si elle avait fui, on l'aurait soupçonnée d'avoir quelque chose à cacher. Voilà. Les policiers lui avaient posé des questions, ils lui avaient demandé si elle connaissait quelques proches du défunt. Pas grand monde, bon une seule personne était venue une fois ici et devait revenir aujourd'hui : Pamela.

Pamela n'avait compris qu'une partie des explications de Mariam. Elle se mit à pleurer. Mais dès que les policiers avaient entendu son nom, alors qu'ils lui avaient manifesté une indifférence quand elle était entrée, l'un d'eux s'était approché d'elle.

- C'est donc vous Pamela Sanfo ? lui demanda-t-il.
- Oui, c'est moi.
- Justement, la domestique nous a dit que vous connaissiez bien le défunt, n'est-ce pas ?
- Je le voyais en effet et je suis déjà venue ici une fois. Je devais le voir pour...
- Je suis le Sergent Lompo. Vous seriez gentille de venir avec nous au commissariat pour quelques questions de routine. Les voisins nous ont dit que le défunt vit ici depuis peu et qu'il n'entretenait aucune relation avec eux. Nous sommes donc obligés de nous adresser à toutes les personnes qui le connaissaient un peu pour essayer d'en savoir davantage sur lui.
- Non, non, non, sanglota-t-elle, ce n'est pas possible... pas possible... Pourquoi ? Pourquoi ?
- Calmez-vous, Mademoiselle ! fit d'un ton autoritaire le policier.

Pamela baissa les yeux, résignée. Il faillait bien qu'elle accepte l'évidence : Alphonse Sawadogo était mort !

Plus tard au commissariat. Le sergent Lompo attendait impatiemment que son patron le reçoive. Pour l'instant, celui-ci était en réunion depuis une heure déjà. A ce rythme, il ne pourra jamais faire son rapport à temps. « Je vais encore être en retard pour la réunion de famille », se lamenta-t-il. Alors qu'il faisait des petits pas dans le couloir, une porte s'ouvrit enfin. Trois personnes sortirent du bureau du commissaire. Le sergent put alors y pénétrer.

Après quelques mots échangés entre eux, Lompo expliqua rapidement : le coup de fil de la bonne, lui et deux assistants qui courent sur les lieux, le constat effectif que l'homme est bien mort, le détail curieux : le mort assis dans le fauteuil, près de l'une de ses mains, un verre vide avait roulé sur le sol, sur la table de chevet, un médicament qui est très probablement un poison. Dans son agenda, le nom d'un certain Docteur Baka revenait fréquemment. La bonne dit qu'il s'agit du médecin du défunt et celui-là réside en Côte d'Ivoire. Lompo fit le compte rendu circonstancié de l'enquête, puis, il conclut : « Ah, dans les pays développés, les choses sont simples. Un médecin légiste procède à l'autopsie, il détermine l'heure et les causes exactes du décès. Cela aurait permis de savoir si c'est vraiment le médicament…

- Sergent Lompo, coupa le commissaire Ouédraogo, nous sommes au Burkina et nous devons travailler avec les moyens dont nous disposons. On est au moins d'accord sur ce point ?

- Si, si, chef ! Je disais seulement…

- Y a-t-il d'autres détails ?

- Oui, ce monsieur, le mort, est un nouvel habitant du coin. Bon, la bonne travaillait chez lui de 8 heures à 20 heures. Puis elle rentrait chez elle et l'homme se retrouvait seul pour la nuit. Voilà, il était donc seul. Il y a une jeune fille qui, d'après la bonne, connaissait bien le défunt. D'ailleurs, elle était arrivée chez lui quand nous y étions aussi. Elle ignorait qu'il était mort. Cette jeune fille s'appelle Pamela Sanfo.

- Bien ! Mais, toi, tu penses à un suicide ?

- Ça pourrait être un suicide. On a découvert aussi que le défunt avait un cancer. Il a dû se suicider à cause de cela.

- Rien d'autre ? Sa famille ?
- Non, rien à ce sujet pour l'instant. Mais ça ne saurait tarder.
- Bon, dans ce cas, continuez à...
- Ah, j'oubliais, coupa Lompo, la jeune fille, Pamela, a affirmé qu'elle était sur le point d'être adoptée par le défunt. Enfin, voilà quoi ! Bon, elle a répondu à deux ou trois autres petites questions ! Ce n'est que de la routine, mais...
- Bien sûr, Lompo ! Ne néglige rien. Tu l'as dit toi-même, nous n'avons pas les moyens dont dispose la police judiciaire des pays développés où on peut tout savoir avec certitude même à partir d'un simple cheveu.
- Oui, patron, grâce à l'ADN. Là-bas, oh, avec les médecins légistes, les moyens financiers, scientifiques et techniques modernes mis à la disposition de la PJ (Police Judiciaire), rien n'est plus laissé au hasard. Les erreurs sont toujours possibles. Mais quels pas de géant dans le domaine de l'enquête, hein, patron ?
- Merci, Lompo, pour ta culture. Bon, la fille, cette Pamela, où est-elle actuellement ?
- Elle est repartie. J'ai voulu que quelqu'un la ramène chez elle, mais elle a préféré repartir par ses propres moyens. Elle était bouleversée, vraiment !
- Eh ben, si cet homme s'apprêtait à l'adopter, il y a de quoi ! Bon, Lompo, à demain.
- Bien chef, je vous laisse. Bonne journée.

Dans la tête de Pamela, c'était un vide total. La jeune fille marchait depuis plus de vingt minutes sans savoir où elle allait. Elle s'était retrouvée sur le boulevard Bassawarga, puis sur l'avenue du Docteur Kwame N'Krumah. Elle marchait en direction de l'aéroport de Ouaga. Désir inconscient de partir, fuir cette ville maintenant hantée par le cadavre d'Alphonse ? Elle marchait, voilà tout.

Au bout d'un moment, elle eut une idée. Oui, il le fallait. Pas à ses parents, mais à elle. C'est ainsi qu'elle alla dans un télécentre pour téléphoner à Aïda. « Il faut qu'on se voie, Aïda, j'ai besoin de toi », avait-elle dit. Une demi-heure plus tard, Aïda retrouva Pamela sur le pont du Kadiogo où elle lui avait donné rendez-vous, sur l'avenue Ouezzin Coulibaly, à la lisière du quartier dit Petit Paris.

- Tu semblais perdue, Pamela, lui dit Aïda dès qu'elle descendit du taxi. Qu'est-ce qui ne va pas ?

- Je suis contente que tu sois venue, Aïda. Je suis contente de te revoir...

- Oui, tu l'as déjà dit ! Mais qu'est-ce qui ne va pas ? Tu as des problèmes avec ton homme à la bagnole rouge, dis-moi ?

Pamela ne savait pas comment annoncer la mort de cet homme. Finalement, Aïda proposa qu'elles aillent vers le Théâtre populaire, marcher un peu en plein air. « Comme ça, tu pourras me raconter tes ennuis tranquillement ». En effet, alors qu'elles marchaient sur le sol nu et poussiéreux de cet endroit, Pamela raconta à son amie ce qu'elle venait de vivre.

- Je n'arrive pas à y croire ! fit Aïda. Non, mais, je n'arrive pas à y croire.
- Il semble qu'il s'était suicidé. J'ignorais qu'il était malade, même si je remarquais qu'il maigrissait.
- Il était malade ?
- Aïda, un cancer. Cet homme savait qu'il allait mourir. Et il n'a pas voulu attendre. Mais ce que je ne comprends pas, c'est pourquoi m'avoir dit qu'il voulait m'adopter alors qu'il savait qu'il allait se suicider !

Les deux jeunes filles marchaient toujours sous le soleil. Maintenant, leurs pieds étaient tout couverts de poussière et leur visage de sueur. Ouaga vivait sa vie habituelle. Ici, des poulets, des pintades et des poissons braisés, au bord de la rue ou devant un petit bar. Là, de la bière ou du dolo qui coule à flots. Là encore, des gens qui vendent de vieux livres.

Pendant ce temps, le corps d'Alphonse reposait à la morgue de l'hôpital Yalgado, à la demande de la police qui souhaitait le garder pour quelques jours encore, on ne sait jamais. Comme aucun proche parent ne s'était présenté, on ne savait pas ce qu'on ferait de ce corps après. C'était quand même un Burkinabè ! Même s'il vivait depuis plusieurs années déjà en Côte d'Ivoire, il avait forcément des parents dans son pays natal ! Sa bonne avait déclaré à la police qu'il lui avait parlé de deux petites sœurs jumelles, de même mère que lui. Pour le moment, personne ne les avait encore vues. Peut-être qu'elles ne savaient même pas que leur grand frère n'est plus de ce monde ! La bonne n'ayant pas leurs coordonnées, personne ne pouvait les

contacter. Mais bon, elles finiront par se montrer un jour ou l'autre !
- Qu'est-ce que tu vas faire maintenant, Pamela ?
- Aïda, je n'en sais rien.
- Je pense qu'il faut que tu retournes à la maison ! Je vais t'y raccompagner. Il faut informer tes grands-parents que cet homme est mort, tu vois ?
- Tu as raison.

C'est Aïda qui loua un taxi devant l'Hôtel Kilimandjaro pour raccompagner Pamela chez elle. Ce jour-là, le vieux Salif, qui avait eu des maux de ventre la nuit précédente, n'était pas allé à sa boutique. Il était à la maison avec sa femme qui n'allait plus aussi fréquemment au cabaret depuis qu'elle avait amené sa petite-fille au cimetière pour lui raconter le drame de Carmen. Dès que les deux jeunes filles entrèrent dans la cour, la vieille Safi Sanfo, auparavant assise sur un vieux tabouret, alors que son mari était couché sur une natte, la vieille se leva.

- Houm ! Aïda, il y a longtemps que tu n'es plus venue nous voir, toi ! Oh, comme tu es devenue femme ! Les enfants d'aujourd'hui, mon Dieu ! Ça pousse vite !
- Merci maman, fit Aïda.

Salif se leva de sa natte pour les accueillir lui aussi. Mais il remarqua leur mine triste.
- Vous en faites une tête, vous ! dit-il. Vous n'êtes pas contentes d'être en vacances, on dirait ! L'école vous manque, c'est ça ? Écoutez, vous pouvez aller vendre mes fourneaux, ça vous occupera, allez !

Safi et son mari s'approchèrent d'elles.
- Vous avez un problème ? demanda Safi.

Aïda se tourna vers Pamela.
- Dis-le-leur, Pamela.
- Oui, c'est Alphonse...
- Aya ! hurla la vieille Safi. Il t'a violée, c'est ça ? Ce cochon, je le savais ! Toi Salif, toi qui...
- Tais-toi, Safi, tais-toi ! Il ne peut pas la violer, il ne peut pas, c'est impossible. Ma fille, dis-moi : qu'est-ce qui se passe avec Alphonse ?
- Il est mort.

Il est mort. En voilà une nouvelle ! Safi resta bouche bée. Quant au vieil homme, lui sentit la terre tourner autour de lui. Et c'était vraiment à ce moment-là qu'il fallait que cela arrive ? Mort ? Alphonse mort après tout ça ? Salif soupira profondément.
- Dieu est maître de notre vie, finit-il par dire.

Dix minutes plus tard, Aïda repartit chez elle.

Safi tentait de remonter le moral à sa petite-fille ; elle avait peur que Pamela ne se suicide. Pourtant, la jeune fille n'avait aucune intention de se suicider. Suicide ? Comme sa mère. C'était semblable à une histoire qui se répétait et n'allait jamais finir. Sa mère s'était suicidée. L'homme qui allait l'adopter se serait suicidé aussi. Son vrai père disparu était peut-être mort, suicidé lui aussi. La jeune fille voyait finalement le suicide partout.

Le matin du troisième jour après le décès d'Alphonse Sawadogo, au moment où les Sanfo allaient prendre leur petit déjeuner, un policier arriva chez eux, aimable, jeune, grand et beau. Le cœur de Salif se mit à battre fort. Non, on n'allait pas les tracasser quand même ?

- Bonjour Monsieur, dit-il au policier.
- Bonjour à vous aussi. La paix de Dieu est avec vous ?
- Tant qu'on est vivant, répondit Salif.

La vieille Safi ne disait rien. Sa bouche s'était desséchée. Quant à Pamela, elle commença à s'inquiéter. « Non, se disait-elle, ce n'est pas... »

- Des gens m'ont indiqué votre maison, voilà. C'est que... Comment dire ça ? Enfin, je suis de la police. C'est vous Salif Sanfo, non ?
- Oui, c'est bien moi.
- Les gens disent que vos fourneaux...
- Jeune homme, vous n'êtes pas là pour mes fourneaux. Dites-moi ce qui nous vaut votre visite !

- Je vous prie de m'accompagner au commissariat. C'est dans le cadre de l'enquête sur les circonstances de la mort du nommé Alphonse Sawadogo. Il y a des éléments nouveaux et nous aurions besoin de vous pour répondre à deux ou trois petites questions de routine, voilà tout !

Les ennuis avec la police commencent toujours comme ça, comme une plaisanterie, c'est simple, voilà tout. Salif Sanfo regarda sa femme, puis sa fille. Il n'avait rien à se reprocher. Il en savait des choses, lui, oui, il ne pouvait pas le nier, il pensait les révéler à tout le monde le moment venu. Mais la mort, quand elle fait son programme, elle ne demande l'avis de personne. Voilà.

Safi et Pamela accompagnèrent Salif jusqu'à côté de la voiture de la police.

- Vieux, montez, s'il vous plaît !

Sous le regard des voisins attroupés devant leur maison, Salif monta dans la voiture de police. D'un peu partout, des voix s'élevaient : « Qu'est-ce qui se passe ? Salif est un homme irréprochable dans ce quartier ! Qu'est-ce qui se passe ? » La voiture démarra, emportant le vieux vendeur de fourneaux sous le regard embué de larmes de sa femme et de sa petite-fille.

C'était le commissaire Ouédraogo en personne, maintenant chargé officiellement de cette enquête, qui devait lui poser des questions. Il le reçut sans tarder, le salua aimablement, puis, entra dans le vif du sujet.

- Monsieur Sanfo, selon nos informations, vous connaissiez bien le défunt, vous !

Salif ne se fit pas prier, il répondit :

- Il avait rencontré Pamela au collège et avait lié amitié avec elle. Au début, ma femme croyait, et moi aussi, que ce n'était qu'un... qu'un... euh...
- Oui, je vois, coupa le commissaire.
- Voilà ! Donc on se méfiait. Un soir Pamela nous apprit qu'il voulait l'adopter. Nous étions surpris, surtout que Pamela semblait vouloir accepter.
- Oui, répliqua, le commissaire l'air distant, nous savons tout cela déjà par votre fille, seulement, vous avez accepté si facilement, vous, non ?
- Enfin, mettez-vous à ma place. Elle aura bientôt dix-huit ans, Pamela ! Et elle n'y trouvait aucun inconvénient. Quand même j'avais demandé à rencontrer cet homme, à discuter un peu avec lui, vous comprenez ?
- Je comprends en effet. Mais vu que votre fille, enfin, elle a un père quelque part ! Et si ce père revenait un jour ?

Salif se mit en colère. Cet inspecteur parlait quand même de l'homme qui avait engrossé sa fille Salimata, puis l'avait abandonnée et poussée par-là à se suicider ! Il se leva du banc, furieux. Ses yeux rougirent tout d'un coup. Ses lèvres tremblaient, ainsi que ses bras et ses jambes. « Qu'il vienne, hurla-t-il enfin. Qu'il vienne la prendre, parce que c'est son droit ». Il se rassit, apaisé, comme si toutes les réactions de son corps n'avaient nullement dépendu de sa volonté. Il éclata de rire finalement.
- Pourquoi vous riez ? s'étonna le commissaire sous le regard surpris de son assistant Lompo qui ne comprenait pas le sens de toutes ces questions sans rapport avec le drame.
- Pour ne pas pleurer, je ris, voilà. Ah, le vrai père de Pamela ! Le vrai père ! Excusez-moi, monsieur le commissaire, c'est drôle !

Salif se doutait déjà que le commissaire en savait plus qu'il ne voulait le dire. Il eut donc envie de tout raconter pour qu'on le laisse tranquille. Il se racla la gorge. Le commissaire Ouédraogo le regarda soudain avec pitié et lui sourit comme s'il s'agissait d'un enfant qu'il voulait rassurer après l'avoir effrayé. « Vieux, gardez votre calme, dit-il alors, c'était juste pour connaître votre idée à ce sujet précis ». Le silence tomba dans la pièce et on n'entendit plus que le cac-cac de la machine à écrire du sergent Lompo.

- Monsieur Sanfo, saviez-vous que M. Sawadogo était riche ?
- Oui ! fit Salif sans hésiter. Sa belle voiture et la villa qu'il avait louée suffisaient pour nous le dire !
- Vous êtes déjà allé chez lui donc ?
- Non, mais notre fille y était allée, elle.
- Normal. Vous savez, cet homme était riche, très riche. C'était quelqu'un.
- Ah là, comment aurais-je pu le savoir ? Je ne le connaissais pas tant que ça, vous savez ?
- Je sais. C'est pour cela que je vous dis tout. La fortune de M. Sawadogo s'élève à près de deux cents millions de nos francs, sans compter les biens immobiliers qu'il possède à l'étranger.
- Deux cents... deux cents...

Salif en resta bouche bée. Une somme inimaginable pour lui.

- Eh oui ! reprit le commissaire en se levant de sa chaise, c'est en tout cas ce que dit son testament. Ce qui va vous surprendre le plus, monsieur Sanfo, c'est le nom de la personne à qui le défunt Sawadogo donne toute sa fortune. Eh bien, il laisse tout à la fille de Salimata Sanfo, à Pamela !

Ça, Salif le comprenait facilement ! Il savait pourquoi. Mais il fit l'étonné : « C'est impossible, vous plaisantez ? » Le commissaire le regarda avec intérêt. Il alluma une cigarette, puis, après avoir regardé son collaborateur Lompo, il reprit : « Étrange non ? Et ce n'est pas tout ! » Le commissaire se dirigea vers la fenêtre, il resta silencieux un moment comme pour faire durer le suspense.

- Le défunt avait deux demi-sœurs, sa bonne nous l'avait dit. Celles-là ont fini par se montrer. Elles contestent l'authenticité du testament. Elles veulent avoir une part de l'héritage. Vous comprenez ? Elles ne sont pas prêtes à tout laisser à Pamela. Elles vont même loin ! Elles laissent entendre que Pamela a pu être mêlée de près ou de loin à la mort de leur frère. Bon, ça ce sont elles qui le disent !

Un long moment passa avant que Salif ne pût ouvrir la bouche. Sa tête tournait et il lui semblait que la pièce allait se briser en mille morceaux.

- Elles pensent que l'argent est si important pour tout le monde ? Pamela mêlée à la mort de leur frère ? Comment et pourquoi ?

- Vous savez, les gens pensent n'importe quoi ! Elles disaient qu'elle a pu faire pression sur lui. Ne vous donnez pas tant de peine, vieux. Nous ne sommes pas idiots et nous voyons bien que ça ne tient pas debout. Comment aurait-elle pu faire pression sur quelqu'un qui ne lui devait rien ? Comment aurait-elle pu pousser au suicide quelqu'un qui ne lui devait rien ?

Le commissaire sourit à Salif.

- Si elles avaient au moins laissé entendre que Pamela l'avait carrément assassiné, au moins ! Or, une telle hypothèse ne tient pas debout. Vieux, la seule raison pour laquelle je vous ai fait venir, la voilà : pour vous apprendre que le défunt laisse sa fortune à votre petite-fille Pamela. Vous pouvez vous

en aller. Merci pour votre collaboration. Au revoir, vieux.
- Au revoir, Commissaire.
- Merci, vieux.
Salif sortit du commissariat, le cœur léger.

Dès qu'il parvint chez lui, il fut étonné de voir le nombre d'hommes et de femmes qui avaient envahi la maison pour poser des questions. Tout le monde était avec lui, tout le monde s'apprêtait à aller au commissariat pour témoigner en sa faveur si jamais on voulait lui mettre sur le dos un meurtre ou un...

- Je suis content de savoir que je peux compter sur vous tous, merci, dit-il. Non, ce n'était qu'un malentendu, c'est fini, termina-t-il pour faire comprendre aux voisins qu'il avait besoin de se retrouver seul avec sa femme et sa petite-fille. La maison se vida assez rapidement. Maintenant, il pouvait répondre sans attendre aux questions que se posaient forcément Safi et Pamela. Et il leur raconta tout d'un seul trait.

- Le commissaire lui-même trouve que ça ne tient pas debout, l'idée que Pamela ait pu faire pression. Enfin, c'est vraiment...

- Elles sont folles, celles-là ! Maintenant qu'il est mort, il faut qu'elles trouvent les moyens de prouver au monde entier qu'elles sont ses sœurs ? Moi j'ai ma petite idée : ce sont elles-mêmes qui l'ont tué.

Le vieux Salif soupira. Il garda le silence pendant un moment pour réfléchir à toutes les conséquences possibles de cette affaire. Il se frotta les yeux et eut le courage de sourire. Après un petit hochement de tête, il regarda sa femme puis sa petite-fille. Il sourit encore. Faut-il leur dire ce qu'il savait exactement sur Alphonse ? Faut-il le leur dire maintenant ? Peut-être quelques bouts, oui !

- Vous savez, ces sœurs-là, je savais depuis un moment déjà qu'elles existent. Alphonse a été très tôt orphelin de père et sa mère s'est remariée. Elle a eu des jumelles avec qui Alphonse ne s'entendait pas du tout. Il m'a appris tout ça quand il était venu me voir pour discuter avec moi de l'adoption de Pamela. Enfin...

Il fut interrompu par l'arrivée soudaine d'Aïda que la famille n'avait plus revue depuis trois jours. Elle avait garé sa mobylette dehors.

- Aïda ! Sois la bienvenue, fit la vieille Safi.
- Excusez-moi, je serais revenue hier, mais...
- Ma fille, ne t'excuse pas. Pamela, donne-lui de l'eau, elle doit avoir soif.
- Non, je n'ai pas soif, dit Aïda. Je dois repartir rapidement. Est-ce que je peux te voir un peu, Pamela ?
- Allez, fit Salif, on vous laisse. Vous savez, la vie continue.
- Non, ne vous dérangez pas, on va dehors.

Elles sortirent de la maison.

- En fait, Pamela, je suis venue pour te dire que je pars en vacances en France chez ma tante. Je tenais à te dire au revoir. Bon, je ne peux pas changer la date de mon voyage, sinon je serais restée pour te supporter dans cette dure épreuve.
- Je suis contente pour toi ! C'est formidable ! Tu vas connaître la France ? Tu me ramèneras quelque chose de là-bas.

Aïda fit oui de la tête, puis, elle demanda à s'en aller. Lorsqu'elle commença à tirer sa mobylette, elle s'arrêta net :

- Qu'est-ce que je suis bête ! J'allais m'en aller sans te remettre cette lettre que quelqu'un t'a envoyée par mes bons soins.

- Mais qui peut bien m'écrire ? s'étonna Pamela en prenant la lettre des mains de son amie.

- Peut-être Jacques...
- Aïda, arrête, je t'en prie !
- Bon, ça va ! Et bien, il faut que je parte maintenant. Pamela, surtout du courage, compris ?
- Je n'ai pas de choix, tu sais ?

Après avoir raccompagné son amie jusque dans la rue d'à côté, Pamela retourna à la maison. Ses grands-parents étaient assis dans la cour. Ils la regardaient.

- Je viens de la recevoir, dit-elle en levant les yeux vers eux. Puis, elle alla dans un coin pour la lire tranquillement. Et dès la première ligne, elle sentit ses cheveux se hérisser sur sa tête : « Chère Pamela, c'est moi Alphonse qui t'écris. » Pamela ferma les yeux un instant, avala sa salive et reprit.

« Chère Pamela,

« C'est moi Alphonse qui t'écris. Je sais que tu seras étonnée de savoir qu'au moment où tu lis cette lettre, je suis déjà en Côte d'Ivoire. Je ne sais pas par quoi commencer pour te révéler ce grand secret. Tu m'en voudras sans doute et tu auras raison car j'ai été, du début jusqu'à la fin de cette tragique histoire, un lâche. Pour ne plus te faire patienter, sache que je suis ton « véritable père ».

Pamela arrêta la lecture. Elle cria :
- Père, Mère !
- Qu'est-ce qu'il y a ? s'étonna Safi. Tu sembles perturbée, Pamela. Qu'est-ce qu'il y a ?

Elle s'approcha d'eux et se mit à lire la lettre en reprenant depuis la première phrase et en traduisant directement le contenu dans leur langue maternelle. « Oui, Pamela, poursuivait Alphonse dans sa lettre, c'est moi ce salaud qui a abandonné ta mère Carmen avec sa grossesse. Avant de t'emporter contre moi, écoute d'abord mon histoire. Je suis le fils aîné de ma mère. Mais je n'étais encore qu'un nourrisson quand mon père est mort. Alors, ma mère s'est remariée et a eu deux jumelles. C'est leur père qui m'a élevé. Je n'aimais pas mes demi-sœurs. En fait, c'était réciproque et dès l'âge de dix-sept ans, j'ai quitté la maison. J'ai alors connu la délinquance jusqu'à ce que je rencontre par un heureux hasard un riche commerçant, ancien ami de mon père, qui m'initia à son métier. Ayant gagné sa confiance, il me donna un petit fonds pour commencer et je partis à l'étranger tenter ma chance. Je me lançai dans la vente d'articles féminins et mon commerce prospéra. C'est alors que je décidai de revenir au pays pour remercier mon bienfaiteur et prendre ma revanche sur ma famille d'adoption.

« C'est au cours de ce séjour-là que j'ai rencontré ta mère dans un hôtel. Carmen ! Elle était belle ! Elle me plut tout de suite, mais je ne vais pas te mentir, je n'avais eu aucune intention de l'épouser. Nous commençâmes à sortir ensemble, mais Carmen finit par s'accrocher à moi, bien qu'elle soit, tu dois le savoir, une prostituée. Pardonne-moi si je te fais mal. Au début, je n'y fis pas attention, mais elle se mit à faire des projets sur nous deux. Puis un jour, elle m'annonça qu'elle était enceinte. Et tel le plus méprisable des hommes, je la traitai de tous les noms et refusai de reconnaître la grossesse. Enfin, je repartis à l'étranger le cœur léger sans me soucier de l'enfant que je venais d'abandonner. J'avais d'ailleurs cru que Carmen allait avorter.

« Entre temps, je me suis fiancé, mais ça n'a pas marché... Puis, il y a six ans, je souffris d'une maladie qui me rendit stérile. C'est déjà un avertissement du destin. Mais le pire était à venir. Il y a tout juste un an, j'appris que j'étais atteint d'un cancer à la gorge. C'était peut-être les conséquences de ma vie de délinquant pendant laquelle j'avais fumé exagérément. Je crois que c'est ce qui m'a poussé à te rechercher. Je me suis subitement rendu compte que moi qui étais très volage, je pouvais mourir du jour au lendemain et que ma fortune durement acquise irait à mes demi-sœurs ; car je n'avais pas d'autres héritiers. C'est alors que je pensai à Carmen. Je me disais qu'elle avait gardé l'enfant, peut-être un garçon auquel elle aurait donné ce qu'elle savait être mon prénom préféré : Max. Je l'épouserais et nous vivrions heureux. Tu vois à quel point j'étais égoïste et lâche ? Car sans ma stérilité et ma maladie, je ne serais jamais revenu vers toi.

« Je revins donc ici, louai la villa que tu connais maintenant et me mis à ta recherche. Je craignais maintenant d'apprendre que ta mère avait avorté alors que c'est ce que j'avais souhaité quand je la sus enceinte. C'est après plusieurs jours de recherche que je te retrouvai ou plutôt que je retrouvai ton grand-père. Eh oui ! Pamela, ton grand-père était au courant de tout depuis le début. Mais je t'en prie, ne lui reproche pas de ne t'avoir rien dit. D'ailleurs, il m'a fallu du temps pour le convaincre de me laisser te fréquenter. Au début, il me traita de tous les noms, m'humilia. Mais je ne renonçai pas. Je crois que s'il avait fini par accepter, c'est parce qu'il voulait que tu sois heureuse. La suite, tu la connais...

« Pamela, j'ai décidé de repartir en Côte d'Ivoire. Tu vas te demander pourquoi je prends cette décision alors que tout allait bien entre toi et moi ? Tu as raison. En fait, je ne supportais plus cette situation. Depuis quelque temps, ma conscience me torture : j'ai tué la fille unique de ces pauvres gens et je suis en train de leur enlever leur unique petite-fille. Et quand je pense à ta grand-mère... Tout cela affaiblissait mon corps et je sentais la maladie prendre le dessus. Il me fallait retourner auprès de mon médecin en Côte d'Ivoire.

« Voilà, ma chère Pamela, je t'ai tout expliqué. Je prendrai l'avion vendredi matin. Si tu es prête à me pardonner et, mieux, à m'accepter comme ton père, alors tu sauras où me retrouver : en Côte d'Ivoire à l'adresse que je t'indique dans cette lettre. Je serais alors l'homme le plus heureux de la terre. Mais, Pamela, si tu ne le veux pas, accepte au moins ma fortune après ma mort, car je n'en ai plus pour longtemps. Surtout, ne viens pas par pitié.

« Permets-moi de t'appeler Ma fille.

« Alphonse Sawadogo ».

Avant même que Pamela n'ait terminé la lecture de cette lettre, Safi avait piqué une crise de rage. C'était donc lui ce salaud qui avait « tué » Carmen ? C'était donc lui et il revenait comme ça, sur les lieux de son crime, en homme plein de bonnes intentions ? Et son mari à elle, Salif donc, le savait depuis longtemps ! Elle le comprenait, Salif, elle comprenait pourquoi il ne lui avait rien dit. Il avait craint qu'elle ne devienne folle de rage, que son cœur ne lâche. Il avait voulu la protéger. Oh, s'il le lui avait dit, elle aurait tué Alphonse, il ne serait pas mort d'une autre mort, elle aurait tué ce salaud.

Salif voulut parler.

- Non, s'empressa de couper Safi. Ne dis rien. Je sais que tu as fait ça pour me protéger et pour le bien de Pamela. Tu as eu raison de ne rien me dire. Sinon, je l'aurais tué.

Pamela se demandait comment elle avait fait pour ne pas se douter que cet homme était son père ! Tous ses comportements auraient pu l'aider quand même ! Donc, c'était lui, le « salaud » en question, revenu dans sa vie comme ça pour mourir...

- Écoutez, dit Salif, cette lettre, je vais la remettre au commissaire, il doit savoir tout ça. Ton père ne s'est pas suicidé, il a été assassiné.

Le silence tomba sur la demeure des Sanfo. Quelques minutes plus tard, Salif monta à bord d'un taxi.

Pamela, qui venait d'avoir la dernière réponse à ses questions, sortit de la maison pour aller dans un télécentre.

- Allo ! Ah, Aïda, c'est justement à toi que je voulais parler. Tu pars quand exactement ?

- Dans une semaine. Et comme ce n'est pas avec un avion de l'ex-Air Afrique, c'est-à-dire Air Peut-être, cela veut dire que je partirai bien dans une semaine !

- D'accord. J'aurais voulu te déranger. Si tu pouvais venir ? C'est très important. Je sais que tu es prise par tes préparatifs, mais...

- Pamela, j'arrive.

Elle arriva en effet une demi-heure plus tard sur une mobylette. Elle était plus belle que jamais, avec ses longues tresses plus fines que des spaghettis, que la coiffeuse et ses apprenties avaient mis deux jours à lui faire. Elle retrouva Pamela dehors. Les deux filles, dès qu'Aïda avait mis sa mobylette en sécurité avec un antivol, marchèrent le long de la rue. C'est alors que Pamela résuma pour son amie le contenu de la lettre qu'elle lui avait apportée quelques heures plus tôt.

- Eh oui, l'homme à la bagnole rouge, c'était mon père. Il me laisse sa fortune, selon sa lettre et son testament. Mais le pauvre a été assassiné, sans doute. Et puis, ses sœurs jumelles veulent se lancer dans une bataille pour que l'héritage leur revienne. Les minables ! Si elles savaient que ce qui m'aurait rendue heureuse, ç'eut été que j'appelle cet homme de son vivant, au moins une fois, Papa ?

Aïda se reprochait d'avoir tenu au sujet de cet homme des propos méchants. Elle avait du mal à y croire. Le père de Pamela, l'homme à la bagnole rouge ? Et maintenant, en se remémorant le visage d'Alphonse, quelque chose sembla la frapper : Pamela ressemblait un peu à cet homme. Elle avait son front, son nez, sa bouche. C'était même visible à l'œil nu.

- Je tenais à ce que tu saches tout sur moi.
- Je te remercie. J'allais aussi te confier un détail que je t'avais caché, puisque pour le moment, ce n'est pas encore si sûr. Ma tante souhaite que je continue mes études en France. Si elle parvient à régler le problème de l'inscription et celui, plus compliqué semble-t-il, de la carte de séjour, je ne reviendrai pas. Je vivrai avec elle en France, Pamela. C'est une chance que je veux bien saisir. Tu me manqueras, mais nous nous reverrons ici ou là-bas.
- Aïda, je suis heureuse pour toi. Tu as de la chance. Bon, je sais que tu as encore des choses à régler !
- Tu as raison. Allez...

Aïda repartit. Pamela retourna à la maison où, maintenant assise seule dans la cour, elle percevait les sanglots de la vieille Safi Sanfo. Une heure plus tard, Salif revint du commissariat et rapporta à Pamela et à Safi ce qu'avait dit le commissaire Ouédraogo après qu'il avait lu la lettre : « Monsieur Sanfo, le fait de vous être empressé de m'apporter cette lettre vous lave, vous et votre famille, de tout soupçon. Maintenant, je vais réellement commencer cette enquête. Vous venez de rendre un service déterminant à la police et à la justice de ce pays. Vous êtes un bon citoyen ». Voilà, c'est comme ça qu'il lui avait parlé, le commissaire, en tournant et en retournant la lettre.

Ils étaient encore en train de parler dans la cour quand un homme âgé arriva, habillé d'un grand boubou en basin, joliment brodé à l'encolure et au niveau du cœur. Il portait des babouches blanches et avait une chéchia sur la tête. Rien qu'à le voir, on devinait qu'il était riche. La preuve : il était venu chez les Sanfo à bord de sa voiture, avec son chauffeur. L'inconnu fut accueilli avec un peu d'étonnement. Il ne voulait pas déranger, dit-il, il voulait s'entretenir avec les Sanfo pour un petit moment, puis il s'en irait. Oui, on lui avait bien indiqué leur maison. C'étaient bien eux les Sanfo, et c'était à eux qu'il devait s'adresser.

- Je m'appelle Oumar Konseïga. Peut-être que le regretté Alphonse vous a parlé de moi ?

- Ah oui ! dit Salif ! Oui ! Ah, c'est vous qui aviez fait de lui un homme, comme il me l'avait dit, plein de reconnaissance à votre égard !

- Oh ! N'exagérons pas ! Alphonse était un homme intelligent, plein de courage et décidé à s'en sortir dans la vie. Je n'avais été que le guide de ses premiers pas dans le monde des affaires.

- Votre visite nous honore.

- Alphonse m'avait beaucoup parlé de vous et de Pamela surtout... Mais, enfin, je suis un peu pressé. Je tenais à vous dire que je m'implique personnellement dans cette affaire. Alphonse m'a téléphoné deux jours avant sa mort pour me dire qu'il avait décidé de repartir en Côte d'Ivoire. Il devait même envoyer une lettre à Pamela.

- Aïda nous l'a apportée ce matin même, confirma Salif.

- Voilà. Et je suis au courant de tout. Les gens ne nous voyaient pas ensemble, Alphonse et moi. Mais nous étions souvent en contact. Il m'avait donc dit qu'il laissera sa fortune à sa fille Pamela et c'est moi qui lui avais suggéré de faire un testament chez un notaire et d'en garder une copie. Vous savez, je connaissais bien ses sœurs jumelles, je savais ce dont l'une d'elles pouvait être capable. Je voulais qu'Alphonse, atteint d'un cancer, prenne toutes ses précautions. Aujourd'hui, j'ai raison. L'une des jumelles, Madeleine, ah, elle est pire qu'une vipère. Les deux n'avaient jamais eu de bons rapports avec leur grand frère. Mais Madeleine est prête à tout pour mettre la main sur sa fortune, maintenant qu'il est mort. Je tenais à vous dire que non seulement je somme la police de me retrouver le plus rapidement possible l'assassin d'Alphonse, mais, aussi, je vais veiller à ce que Madeleine ne touche pas un centime de sa fortune. Pour l'enquête, je suis même prêt à passer un coup de fil au Président de la République. Ce crime ne restera pas impuni. Jamais ! En tout cas, pas tant que moi je serai vivant. Voilà. Je vous laisse ma carte de visite. Si vous avez besoin de moi, vous pouvez me téléphoner ou venir chez moi à la Patte d'oie.

Salif, Safi et Pamela remercièrent le riche Konseïga pour le soutien qu'il leur apportait. L'homme sortit alors de la poche de son boubou un billet de dix mille francs qu'il remit à la vieille Safi. Puis, refusant tout remerciement, il prit congé d'eux. Ils le regardèrent s'en aller, fascinés par sa classe et son grand cœur.

Ce jour-là, Aïda devait prendre l'avion à 18 heures, temps universel, à Ouaga pour arriver le lendemain matin à Paris à 6 heures, heure locale. Pamela avait tenu à aller à l'aéroport. Elle y arriva juste au moment où une voix féminine invitait les passagers à embarquer. Aïda était déjà dans la file des femmes et des hommes qui commençaient à se diriger vers la piste d'embarquement.

- Aïda ! Aïda ! hurla Pamela.

Les parents d'Aïda étaient déjà repartis, sa mère n'avait pas voulu attendre jusqu'à l'heure d'embarquement. Aïda sortit de la file et courut vers Pamela. Elles se regardèrent dans les yeux. Puis, Pamela lui dit, en lui tournant le dos pour s'en aller : « J'ai tenu à te dire au revoir. Écris-moi. J'espère que tout marchera bien pour toi ». Elle quitta l'aéroport alors que son amie, elle aussi les yeux embués de larmes, reprenait sa place dans la file des passagers.

En repartant chez elle, Pamela se mit à penser à ses tantes, les sœurs jumelles d'Alphonse, les seules parentes pour le moment de son défunt père. Tout ce qu'elle avait entendu au sujet de Madeleine n'était pas positif. Mais les deux étaient ses tantes. Où vivaient-elles ? Comment étaient-elles ? Peut-être allait-elle se renseigner auprès de Monsieur Konseïga ! Peut-être ! En tout cas, même si ces tantes-là ne pensaient pour le moment qu'à la fortune de leur demi-frère, elle Pamela aurait souhaité les connaître. Peut-être que cela changera les choses entre elles !

Au même moment, l'une des jumelles rageait de son côté. Madeleine, oh, Madeleine ! C'est elle qui menait la danse, elle imposait sa volonté à sa sœur Marie. C'est elle qui tenait à la fortune du grand frère. Son caractère difficile avait même failli tuer le ménage de sa petite sœur (Madeleine a été la dernière à naître, c'était donc elle l'aînée selon la tradition, Marie, la première venue au monde étant l'envoyée de celle qui attendait de voir si ça valait la peine de venir au monde). En effet, le mari de Marie, M. Kaboré, avait eu à dire plusieurs fois à Marie : « C'est toi que j'ai épousée, pas ta sœur. Si celle-ci continue à intervenir dans notre vie comme elle le fait là, je serais obligé de demander le divorce. J'en ai marre ».

Marie était une personne simple, pleine de bonté. C'était une bonne épouse, une bonne mère, qui ne voulait avoir de problème avec personne. Et ce jour-là, cette douce Marie se rendit chez sa sœur Madeleine. Celle-ci l'accueillit à l'entrée de la maison et lui offrit, une fois dans le salon, un verre d'eau.

- Tu vas bien donc, sinon ?
- Oh, ça va, Marie ! Ça va !
- Et tes enfants, Arthur et Mathias ?

Madeleine haussa les épaules.

- Je ne sais pas où ils sont. Et cela depuis bientôt quatre jours.
- Quoi ? Mais qu'est-ce que tu attends pour...
- Oh ! Marie, arrête... soupira Madeleine, j'en ai l'habitude maintenant... et je suis si fatiguée !

Elle se cala dans son fauteuil et commença à monologuer : « Certains enfants sont maudits. Il est vrai que je ne suis pas une mère modèle ! Mais je ne suis quand même pas la pire non plus ! Bonté divine... Que sont devenus mes rêves de jeunesse ? Aujourd'hui, minable secrétaire dans une minable boîte, je me retrouve trois fois divorcée et sans mari avec deux délinquants pour fils, oh oui quelle déchéance ! » Elle tourna soudain la tête vers sa sœur.

- Tu vois comment les choses évoluent ? demanda-t-elle pour entrer dans le vif du sujet. Maintenant, c'est évident : il a été assassiné. Et même si j'avais voulu qu'on coffre ces gens-là, surtout cette fille, cette pimbêche...

- Madeleine, je t'interdis de l'insulter ! Je te l'interdis ! C'est la fille d'Alphonse. Et même si tu as des doutes sur la paternité d'Alphonse, ce n'est pas cette fille qui est allée le chercher, notre Alphonse. Je te rappelle qu'elle ne savait même pas qu'il était, ou prétendait, être son père ! Elle l'a appris après sa mort. Elle n'y est pour rien ! Et ici, on n'est pas en Europe pour qu'on demande de déterrer Alphonse pour des tests de paternité. Monsieur Konseïga s'est chargé de son enterrement et de ses funérailles. As-tu déboursé un rond ? Cette pimbêche, comme tu le dis, eh oui, elle est allée à l'enterrement. Est-ce que tu as daigné te déplacer ? Ne m'as-tu pas interdit d'aller à l'enterrement de notre grand frère ? Madeleine, tu sais, je ne supporte plus tes combines, tu comprends ?

- Ah, la bonne Marie, la sainte Marie ! Tu les défends maintenant ? Tu défends ces cafards-là maintenant ? Depuis quand tu es devenue leur avocate, idiote ? L'argent est en train de nous filer entre les doigts et tout ce que tu trouves à dire, toi, c'est... Je rêve ou quoi ? Idiote ! Si cette Pamela s'était fait écraser par une voiture avant qu'Alphonse ne se mette en tête de devenir son père, nous n'en serions pas là. Ou si son cancer l'avait tué avant qu'il n'ait eu cette fantaisie... Oh, ta Pamela, moi je te la tuerais bien si je le pouvais, voilà ce que je te dis. Alphonse ? Qui l'a élevé avant que ce Konseïga, qui se prétend aujourd'hui je ne sais plus moi ? Qui l'a élevé ? Notre père à nous.

- Alphonse est l'enfant de notre mère, Madeleine. Pour la mémoire de cette mère...

- Veux-tu laisser les morts là où ils sont ? Notre mère, oui je sais que c'est son fils. Mais maintenant on parle de millions, Marie, de plus de deux cents millions, tu comprends ça dans ta petite tête de sotte ? Mais je n'arrive pas et je n'arriverai jamais à te comprendre ! Tu ne souhaites pas changer de vie ? Ta petite vie avec un mari minable, ça te suffit ? Eh bien, tu vois, moi je voudrais changer de vie, profiter des millions d'Alphonse. Je te le dis sans honte. Et s'il faut, pour cela, assassiner cette Pamela... Pamela de merde oui ! Je tenais à te le dire, j'ai déjà vu un marabout pour qu'il me la tue, cette Pamela, pour qu'il me la tue !

Madeleine transpirait de rage. Toujours assise dans son fauteuil, Marie, maintenant plus que jamais convaincue que sa sœur était en réalité une folle dangereuse, restait silencieuse. Elle était là, pétrifiée. Qu'est-ce qu'elle venait d'entendre là ? Et dire qu'elles étaient sorties du même ventre, le même jour, qu'elles étaient de vraies jumelles, élevées dans la même famille, dans les mêmes conditions ? Quel monstre avait-il pu s'emparer de l'âme de sa sœur alors ? D'où tenait-elle tout cela ? Étaient-ce ses mariages ratés qui lui avaient ainsi endurci le cœur ? Peut-être, oui, les blessures de la vie !

- Marie, ou tu es avec moi ou tu deviens mon ennemie ! Choisis vite ton camp.

- Madeleine, écoute-moi bien. Le marabout que tu as vu là, hein, va le revoir. Au lieu qu'il tue Pamela, qu'il te soigne. Tu es malade de la tête.

- Tu n'as pas le droit de me parler comme ça, Marie ! Je suis ta grande sœur !

- Ça ne marchera plus avec moi. Tu sais, mon mari m'a dit que si je continue d'être complice de tes sales combines dans cette histoire, il me répudiera. Toi tu vis sans mari depuis des années déjà. Moi je ne veux pas perdre mon mari, je l'aime, tu comprends ?

- Espèce d'idiote ! hurla Madeleine en giflant sa sœur. Celle-ci ne réagit pas. Espèce d'idiote ! Ton minable mari, est-ce que tu sais que si tu devenais riche, un homme comme ça, tu ne le prendrais même pas pour te cirer les chaussures ? Tu auras autant de maris que tu voudras, des jeunes, des beaux, et tu en feras ce que tu voudras. Ton mari ? Ton mari vaut un centime, un minable comme ça ?

Marie se leva cette fois-ci du fauteuil. Elle regarda sa sœur droit dans les yeux.

- Merci pour la gifle, c'est gentil. Moi, je m'en vais. Et tu sais ce que je vais faire maintenant ? Aller au commissariat dire ce que je sais, voilà.

- Tu ne vas pas faire ça, non, Marie, non ?

- Tu ne me connais pas assez. Tu m'as tellement dominée que tu n'as jamais pensé que je pourrais en avoir réellement marre.

Madeleine bondit sur sa sœur. « Je vais te tuer, plutôt que de te laisser gâcher mes chances d'une belle vie, idiote ! » Les deux sœurs se mirent à lutter. Marie réussit à mettre Madeleine à terre, à s'asseoir sur elle et à la maîtriser.

- Madeleine, tu vois bien que je ne suis plus la petite Marie qui n'a aucune volonté propre, qui ne fait que respecter ta volonté ?

Elle se releva. Madeleine resta couchée en pleurant. Marie finit par s'en aller. Une demi-heure plus tard, elle était au commissariat de police où elle demanda à parler au commissaire Ouédraogo chargé de l'enquête sur le meurtre d'Alphonse Sawadogo. Le commissaire venait de recevoir un coup de fil et semblait très préoccupé. Il ruminait encore ses sombres réflexions sur l'épineux dossier Alphonse Sawadogo. Le plus embarrassant, c'est qu'il n'arrivait même pas à trouver un bout par où commencer. Où était finalement la preuve que cet homme avait été assassiné ? Qui l'avait assassiné et pourquoi ? Rien n'avait été dérobé dans sa villa, il n'y avait eu aucune trace de violence. Que s'était-il passé ?

Bon, les sœurs jumelles ! Dès leurs premières dépositions, il avait décelé en Madeleine surtout une femme un peu bizarre, prête à tout, on dirait, pour hériter de son frère. Mais de là à penser qu'elle l'avait tué, il y avait un écart important. Et si Lompo avait raison, lui qui avait pensé que c'était peut-être un règlement de comptes, que Monsieur Sawadogo, dans ses affaires, faisait peut-être des choses louches ? L'argent s'accompagne souvent de choses louches ! Donc, règlement de comptes ? Vengeance ?

Et puis, comment aurait-il pu oublier ce fameux coup de fil qu'il avait reçu de son supérieur hiérarchique ? C'est lui qui s'occupait de l'affaire Sawadogo, non ? Bien sûr ! Est-ce qu'il savait que c'était le protégé du puissant Konseïga, le grand richard de la place ? Oui, il l'avait même déjà vu et le boss lui avait dit qu'il avait intérêt à trouver rapidement l'assassin d'Alphonse. D'accord ! Mais apparemment, les choses piétinaient, non ? Aucune piste sérieuse, non ? M. Konseïga aurait voulu que ça aille plus vite. Bien sûr, on ne doutait pas de sa compétence, mais il fallait comprendre. L'enquête pourrait bien lui être retirée, ce qui ne serait pas intéressant. « On » avait confiance en lui. Avait-il déjà une nouvelle piste ? Evidemment il en avait une. « On » lui souhaitait alors bonne chance. Mais la vérité était là : le commissaire Ouédraogo n'avait aucune piste sérieuse, aucun indice de taille.

Il était donc en train de ruminer ses idées quand on lui annonça Marie la jumelle. L'arrivée de cette femme le soulagea, même s'il ne voyait pas ce qu'elle pouvait lui dire de plus qui fasse avancer l'enquête.

- Faites-la entrer !

Marie entra dans le bureau du commissaire. Elle n'arrivait pas encore à maîtriser sa colère à l'égard de sa sœur Madeleine, à propos de ce qu'elle venait de dire. Oser traiter son cher mari à elle de minable qui ne vaut pas un centime ? Pourquoi faut-il qu'elle s'en prenne à toutes les personnes qu'elle estime heureuses, même à sa propre sœur ? « Bon, moi je ne vais plus jamais marcher dans ses combines, c'est fini ».

- Bonjour Monsieur le commissaire.
- Ah, bonjour Madame. Asseyez-vous, asseyez-vous ! Je ne m'attendais pas à vous revoir si tôt !

Marie s'assit. Le commissaire, la voyant si tendue, essaya de la décontracter, puis il entra dans le vif du sujet.

- Alors, que voulez-vous ? Si c'est pour savoir où nous en sommes au sujet de la mort de votre frère, je ne vous dirai rien, secret professionnel oblige. Mais sachez que nous y voyons un peu plus clair maintenant, mentit-il. Si vous avez quelque chose à dire, alors…

- En effet, j'ai une chose qui me semble importante à vous dire.

Le commissaire Ouédraogo se leva alors, ouvrit la porte et appela, en mettant ses mains en porte-voix sur sa bouche, son assistant, le fidèle Lompo. Celui-ci accourut aussi rapidement qu'il le put, servile, souriant.

- Oui, chef !

- L'une des jumelles a des choses à dire. Tu vas donc te remettre à ta machine à écrire. A propos, bientôt nous aurons notre ordinateur, cela te facilitera la tâche. Mais pour le moment, allez, à ta vieille machine, Lompo.

Le commissaire Ouédraogo donna une tape affectueuse dans le dos de son assistant, puis les deux entrèrent dans le bureau où Marie promenait son regard dans tous les coins. Elle soupira, puis salua Lompo.

- Vous dites avoir une importante révélation ? reprit le commissaire.

- La dernière fois que nous avions été convoquées ici, ma sœur et moi, je n'avais pas voulu vous le dire. Mais j'avais eu tort, cela pourrait vous aider, je crois.

- Vous le saviez, mais vous n'aviez rien dit ? Enfin, je vous écoute.

Ainsi, la jumelle raconta son histoire. Dans la nuit du meurtre, le 9 juin, elle avait téléphoné à Alphonse, son demi-grand frère, entre 20 heures 40 et 21 heures, comme ça. Il était encore bien vivant, puisqu'il avait discuté avec sa petite sœur. « Je voulais solliciter son aide pour mon fils qui a eu son BEPC cette année et qui souhaite entrer dans une école technique de mécanique automobile en Côte d'Ivoire. Je lui parlais de mon fils quand un incident me fit suspendre la communication. Un neveu de mon mari, malade et en séjour chez nous, s'est mis à crier. J'ai donc demandé à Alphonse d'attendre une minute pour que j'aille voir ce qui se passait. Quand j'ai repris le combiné, j'ai entendu sa voix, il parlait à une autre personne, probablement présente à côté de lui. Il disait : « Mais vous êtes fou ! Larissa ? Larissa en Côte d'Ivoire ? » Aussitôt après, la communication a été coupée. J'ai tenté pendant plus d'une demi-heure de rappeler mon frère, mais ça sonnait toujours occupé, donc il n'avait pas raccroché le téléphone ou parlait toujours avec quelqu'un, c'est ce que j'avais pensé.

- Répétez-moi encore les derniers mots de votre frère !

- « Mais vous êtes fou ! Larissa ? Larissa en Côte d'Ivoire ? »

Le commissaire croisa ses mains sous son menton et ferma les yeux. Il essayait de cacher son émotion. Cependant il se reprit vite et demanda :

- D'après son ton, vous a t-il semblé en colère, surpris ?

Marie réfléchit un instant et dit :

- Je dirais plutôt surpris. A mon avis, il ne parlait pas avec cette Larissa. Sinon, il lui aurait dit : « Vous êtes folle, Larissa ? » et non « Vous êtes fou ? » De toute évidence, il parlait à un homme qui lui rapportait quelque chose au sujet de Larissa, quelque chose qu'il trouvait incroyable.

- En effet, oui ! Du moins d'après la façon dont vous racontez cela ! Et vous avez fait quoi, vous ?

- J'ai fini par raccrocher parce que je n'entendais plus rien. En tout cas, voilà, je tenais à vous donner ce détail. Si je vous l'avais caché, c'est parce que je me sentais coupable. J'aurais dû aller voir pourquoi il ne raccrochait plus son téléphone ni ne tentait de me rappeler.

- Enfin, vous n'auriez pas pu le sauver pour autant. Mais une chose est sûre, reprit le commissaire, cette information va nous être d'une aide précieuse. Dans ce genre d'enquête, chaque détail est précieux. Et là, nous en avons au moins deux : Larissa et Côte d'Ivoire. Ce sont des indices maigres, mais importants.

- Je suis contente que mes informations vous semblent utiles. Après tout, c'est mon frère. Je n'aurais pas dit non à son argent s'il me l'avait laissé en héritage. Mais je tiens plus à ce qu'on arrête celui ou celle qui l'a tué.

- Exact. Exact. Nous l'aurons un jour. Mais quand ? Vous pouvez vous en aller. Et merci pour votre collaboration. Vraiment, merci.

Marie se leva et sortit du bureau du commissaire. « Bon Madeleine, toi qui me disais de ne pas donner cette information parce que tu tenais à jeter le doute sur les Sanfo, tu es bien servie. Tu le sais, toi-même, que ces gens-là n'y sont pour rien dans la mort d'Alphonse, tu le sais bien ». Elle se retrouva aussitôt au bord de la rue, la conscience bien tranquille.

Le commissaire était dans un état euphorique. Il attendait son adjoint. Justement, celui-ci arriva.
 - Ah Lompo ! Je t'attendais. Alors ?
 - Les nouvelles sont bonnes, patron. Marie a bien téléphoné à son frère Alphonse Sawadogo à 20 heures 35. J'en ai eu la confirmation tout à l'heure.
 - Parfait Lompo, parfait.
 - Et de votre côté, chef ?
 - De mon côté les nouvelles sont plus intéressantes que ça, oh oui ! Tu sais que le riche Konseïga, le boss, tu sais qu'il connaît très bien Alphonse ? Mon cher, le vieux a donné du poids à un indice qui était plutôt maigre, tu en conviens ? Un prénom, un simple prénom ! Mais il s'avère que ce prénom vaut de l'or. Dans la vie d'Alphonse, il y avait bien eu une Larissa, tiens-toi bien, Lompo. Le vieux m'a même affirmé que c'est lui qui avait dit à Alphonse de ne pas épouser cette femme. Lui, il semblait se méfier d'elle, il la trouvait trop moderne, tu vois ce que je veux dire ? Eh oui ! C'était quand même lui qu'Alphonse considérait comme son père ! Donc, quand il s'était fiancé avec cette Larissa, il avait tenu à revenir ici au Faso pour la présenter au vieux. Le vieux a donc donné un avis défavorable tout en disant à Alphonse de faire les choses comme il le souhaitait.
 C'est donc à partir de ces éléments apportés par le vieux Konseïga que le commissaire Ouédraogo s'était réellement lancé dans son enquête. Au cours

de sa carrière, il avait fait trois stages d'une durée totale de huit mois en Côte d'Ivoire et avait dans ce pays des amis dans la police. Parmi eux, le commissaire Kouassi connu pour ses méthodes d'enquête originales sur les affaires relevant de la grande délinquance. Il travaillait à Abidjan, dans un quartier difficile. C'était le meilleur ami du commissaire Ouédraogo dans la police ivoirienne. Bien que le vieux Konseïga n'ait vraiment rien dit qui permettait d'avoir un quelconque soupçon sur cette Larissa, le commissaire Ouédraogo s'était dit que c'était la première personne à laquelle il fallait s'intéresser. Et d'après le vieux richard, elle était très connue à Abidjan.

En effet, quand le commissaire avait eu au bout du fil son ami Kouassi et évoqué ce nom, l'Ivoirien n'en fut pas étonné. Il lui donna alors des précisions sur cette femme sur laquelle lui-même avait déjà un dossier très épais : quarante-cinq ans, Larissa Kouamé, chef comptable, célibataire, soupçonnée d'être impliquée dans quelques affaires de meurtres. « Quatre hommes âgés entre quarante-cinq et cinquante ans étaient morts mystérieusement à des intervalles de deux mois à peu près. Ils avaient tous un point commun : ils avaient été à un moment donné des amants de Larissa ». Or, Larissa avait été la fiancée d'Alphonse pendant trois ans.

- Lompo, je ne vois pas clairement le rapport entre le fait d'avoir eu des liens intimes avec ces hommes et leur mort mystérieuse. Mais il y a quand même des coïncidences bizarres dans ces histoires, non ?

- Patron, ça sent mauvais, cette histoire ! J'avais évoqué des affaires louches, je crains que je n'étais pas loin de la vérité.

- J'en conviens. Nous avons enfin une piste sérieuse, même si c'est un peu absurde de penser que cette femme tue tous les hommes qui ont couché avec elle ! Enfin, nous allons devoir collaborer avec les services de nos collègues ivoiriens.

    Le même jour, une jeune fille descendait, à Ouaga, d'un train en provenance de la Côte d'Ivoire : c'était Élisabeth. Elle se sentit déchargée d'un lourd fardeau. Elle respira un coup et se fraya un passage dans la foule vers la sortie. « D'abord trouver un taxi » se dit-elle en serrant très fort la carte de visite qu'elle tenait dans la main, unique repère dans cette ville étrangère. Dès qu'elle aperçut le premier taxi, elle le héla.

- Pouvez-vous me conduire à la B. C .R. ?
- Oui, répondit le taximan, ça fera 200 francs.
- Ok, fit Elisabeth en montant dans le taxi.

    Quelques minutes après, le taxi la déposa devant un bâtiment à deux étages. D'un pas décidé, la jeune fille s'introduisit dans le hall et s'approcha d'un homme derrière un comptoir. Elle se renseigna. Oui, il était bien connu dans le service, M. Tassabédo, bien sûr que c'est ici, venez que je vous conduise.

    L'homme l'accueillit d'abord froidement avant de lui demander pourquoi elle était là. Elisabeth lui dit qu'elle ne pouvait lui parler de « ça » au travail, que c'était dangereux, qu'en réalité, elle avait fui la mort, voilà. M. Tassabédo l'amena alors dans un petit bar où il y avait trois serveuses togolaises et une ghanéenne. C'est là-bas qu'il avait l'habitude de prendre sa petite bière lors des pauses ou quand, même aux heures de travail, il s'échappait de son bureau. Elisabeth lui raconta alors, en murmurant, ce qui la chassait de la Côte d'Ivoire et pourquoi elle avait besoin d'un refuge.

- Alors là, convint M. Tassabédo, tu en as bien besoin. Ah, oui !

- Merci de m'accueillir.

Lorsque Madame Tassabédo vit son mari avec une jeune fille, elle eut un violent sentiment de jalousie. Qui était-elle ? Encore une maîtresse qu'il osait introduire au domicile conjugal ? M. Tassabédo gara sa Yamaha. Puis il se dirigea vers sa femme. « Je te présente ma nièce Elisabeth. C'est la fille de Kadiétou, celle qui s'était mariée en Côte d'Ivoire et qui est morte l'année passée. Elle va rester ici quelques jours ». Il se tourna ensuite vers la jeune fille : « Je te laisse avec ma femme, je vais me reposer. Je suis vraiment fatigué ». Il entra alors dans sa chambre, laissant les deux femmes ensemble.

- C'est quoi déjà ton nom ?
- Elisabeth, mais on m'appelle Isa.
- As-tu mangé ?
- Non
- Alors, je vais te préparer quelque chose à manger. Je vais ranger tes affaires d'abord.

Elisabeth sourit et se dit qu'elle avait de la chance. Elle était enfin en sécurité. Pour combien de temps encore ? Le soir même de sa venue chez son oncle, celui-ci entama une conversation avec elle.

- Avant tout, Elisabeth, sache que tu es la bienvenue chez moi. Mais, je ne pourrai pas te garder indéfiniment ! D'ailleurs, il va falloir que tu ailles un jour ou l'autre à la police. Parce que, tu vois, si ce que tu me dis est vrai, Larissa est devenue bel et bien folle. J'espère qu'elle ignore que tu viens ici ?

- Oh, oui ! Elle l'ignore. Elle ignore d'ailleurs que j'ai quitté la Côte d'Ivoire. Elle doit penser que je suis chez un homme à Abidjan. Puisqu'elle me traite de petite pute. Ah ! J'en sais trop sur elle maintenant. Elle n'hésitera pas à me tuer pour protéger ses secrets. Tante Larissa est une femme dangereuse, oncle, une femme très dangereuse.

M. Tassabédo hocha la tête. En effet, après tout ce qu'il avait appris sur cette femme de la bouche d'Isa, oui, il s'agissait d'une folle dangereuse. La police n'avait pas tort de se lancer à ses trousses. Mais, tout en comprenant cela, il ne comptait pas héberger Isa pendant des mois. Il faudra qu'elle aille à la police.

C'est seulement trois jours après l'arrivée d'Elisabeth que M. Tassabédo apprit l'affaire Alphonse Sawadogo en lisant le quotidien local Sidwaya. Bien évidemment, le nom de Larissa n'y était pas mentionné ! Mais on laissait entendre que ce monsieur avait été assassiné par une femme actuellement recherchée à la fois par la police ivoirienne et burkinabè. M. Tassabédo eut alors une bonne idée. Il mit le journal dans son gros sac noir.

Ce jour-là, Pamela reçut une lettre d'Aïda. Un mois déjà que son amie était en France. Qu'est-ce qu'elle lui racontait alors ? Elle se mit à lire : « Pamela, pour moi les choses ont marché ici, je vais continuer mes études en France. Ma tante est formidable, elle a tout fait pour que ça marche. Mais, tu sais, je ne suis pas encore habituée au rythme de vie d'ici. Ouaga me manque. Tu me manques, mes parents me manquent. Mais bon, ça ira avec le temps. Il y a quand même beaucoup de Burkinabè à Paris, beaucoup de Noirs en général. Et toi, comment tu vas ? Où en êtes-vous avec... Tu vois ce que je veux dire ? Pamela, je n'arrête pas de penser à ton père ! Comme nous aurions passé de bons moments ensemble s'il t'avait dit la vérité à temps ! Enfin, paix à son âme et surtout courage à toi. Bonjour de ma part à ta grand-mère et à ton grand-père.

« Ton Aïda pour toujours ».

Mon Aïda, partie pour une autre vie, là-bas où beaucoup de personnes rêvent d'aller ! Elle remit la lettre dans son enveloppe. Depuis quelques jours, le vieux Salif Sanfo avait repris le chemin de son magasin. La vieille Safi, quant à elle, n'allait plus au cabaret. Les récents événements l'avaient pratiquement guérie de son alcoolisme. Mais son chagrin, maintenant qu'elle pouvait mettre un visage sur son malheur, était devenu plus grand. Il ne se passait plus un seul jour sans qu'elle parle avec rage de cet Alphonse, « l'assassin de ma Sali, excuse-moi,

Pamela, de parler ainsi de ton père, mais il m'a tuée, moi ! » Pamela la comprenait, mais elle aurait voulu que parfois Safi oublie son chagrin pour peut-être accepter la vie telle qu'elle était. Difficile à dire qu'à faire, elle le reconnaissait.

Elle devait se mettre au boulot pour préparer le déjeuner, parce qu'il était déjà 11 heures 30, quand une femme arriva dans la maison. Elle était grande, de teint noir, belle. Elle s'approcha d'abord de Pamela, avec une certaine crainte, puis, elle salua :

- Bonjour à vous deux.
- Bonjour, répondirent Pamela et Safi.

L'inconnue se tut un moment, puis se mit à verser des larmes.

- Madame, madame, lui dit Pamela.
- Qu'est-ce que vous avez ? fit Safi. Les larmes, les larmes, vous savez, ce ne sont pas elles qui vont faire peur aux malheurs, hein ? Moi Safi, vous voulez que je vous dise ? Des larmes, j'en ai donné des rivières à la vie.

L'inconnue cessa alors de pleurer.

- Je suis Marie, l'une des sœurs jumelles d'Alphonse.

On aurait dit que c'était Alphonse lui-même qui avait surgi là devant la vieille Safi. Elle vola littéralement pour attraper Marie par sa robe, puis, avec une énergie qui lui vint d'on ne pouvait savoir où, elle lui donna une gifle. Pamela intervint, bouscula carrément sa grand-mère pour prendre la défense de sa tante.

- Mère, elle n'y est pour rien ! Et puis…
- Pamela, ma chérie, je la comprends. A sa place, j'aurais réagi comme ça, moi aussi.

Les paroles de Marie touchèrent la vieille Safi qui s'agenouilla devant elle.

- Vous me comprenez ? Vous me pardonnez donc ?

- Je n'ai rien à vous pardonner, mère, dit Marie. J'ai un cœur et je comprends les blessures des autres. Tout ce que je vous demande, c'est de comprendre que je suis venue ici avec de très bonnes intentions. Je ne vais pas trop parler. Pamela, je suis ta tante. Si tu veux me voir de temps en temps, voici mon adresse. Je vis à Gounghin sud, près du Lycée mixte. Voilà, je m'en vais.

C'est ainsi que Marie, maintenant tout à fait désolidarisée de sa sœur Madeleine la folle, avait noué des relations avec les Sanfo, sans qu'il y ait dans sa démarche un quelconque calcul. « Ce n'est pas pour avoir droit à une part d'héritage, c'est parce que je viens de comprendre que dans la vie, rien ne vaut les relations humaines. Et puis, si nous avions eu de meilleurs rapports avec notre grand frère, ton père, il serait peut-être encore en vie aujourd'hui, qui sait ? »

Quand Madeleine apprit que sa sœur Marie voyait les Sanfo, qu'elle les invitait même chez elle, elle piqua une grande colère. Mais elle n'avait plus aucun pouvoir sur les décisions de Marie.

Ce matin-là, le vieux richard Konseïga, après avoir fait sa prière de l'aube – c'était un très fervent musulman – et but son thé à la menthe, avait accueilli quelques personnes venues lui demander de l'argent. Tous les jours, il y avait des pauvres qui faisaient la queue chez lui pour demander des aides. Et il était tellement généreux que cela attirait davantage d'hommes et de femmes. Au moment où cette séance de charité était finie et qu'il devait s'en aller, parce que ce jour-là, il avait rendez-vous avec un homme d'affaires libanais, on lui annonça la visite d'un certain Tassabédo. L'homme disait avoir des choses importantes à lui dire. Le vieux Konseïga demanda alors à son chauffeur de faire entrer le visiteur. Ses épouses et leurs domestiques bavardaient dans la grande cuisine où elles préparaient déjà le déjeuner. Le vieux recevait ses visiteurs en les faisant passer par un petit escalier discret qui les conduisait jusqu'au vaste salon du premier étage. Là, assis sur un beau tapis persan, il recevait toute personne qui voulait discuter avec lui des choses sérieuses.

      Sa résidence était vaste et luxueuse, à la hauteur de sa fortune. Chez lui, assis sur son tapis persan, à côté de très beaux fauteuils, il était comme un roi. Son chauffeur se retira, dévala les marches de l'escalier et alla s'asseoir dans la voiture de son patron. M. Tassabédo entra alors, accompagné d'une jeune fille habillée d'une robe rose. Le richard les accueillit avec étonnement, puis, appuya sur un bouton lumineux au ras du mur. Aussitôt, une jeune femme arriva, s'agenouilla devant lui après avoir salué les visiteurs.

- Aïcha, tu leur apportes un peu de thé et du pain.

- Non, Père, dit M. Tassabédo, nous avons déjà pris notre petit déjeuner. Merci quand même. Merci, Madame.

- Vous ne...

- Non, merci.

- Bon, bon !

La femme se releva pour s'en aller. C'est alors que M. Tassabédo se présenta, puis présenta Elisabeth. Il raconta comment il avait appris l'affaire Alphonse Sawadogo, présenta ses condoléances, puis, après avoir soupiré longuement, il proposa qu'Elisabeth raconte elle-même tout ce qu'elle savait sur Larissa. Pendant plus de trente minutes, Elisabeth raconta son histoire à M. Konseïga, donna des détails macabres.

- Moi, le jour où je l'avais vue quand Alphonse me l'avait présentée, je m'en étais méfié, dit le vieil homme. Oui, cette femme...

- Voilà, je me suis dit que ce serait intéressant que je vous présente Elisabeth. J'ai appris que le défunt était comme votre fils et que vous tenez à mettre la main sur celui qui l'a tué. Je me suis dit qu'on ne sait jamais, voilà quoi.

- Mon fils, vous ne savez pas combien je suis content ! Pour elle, il n'y a pas de problème, hein, Elisabeth ? Chez moi ici, tu seras en sécurité, tu comprends ? Tu auras tout ici. D'ailleurs, si tu veux vivre ici, libre à toi. Tu es chez toi, tu es ma fille.

Deux heures plus tard, M. Tassabédo sortait de la luxueuse résidence du richard Konseïga qui lui avait donné, pour le remercier, cent mille francs CFA plus l'autorisation de venir chez lui quand il le voudra. « Elisabeth est un lien entre nos deux familles, même après cette histoire ». Elisabeth avait un refuge sûr, très sûr. La voilà dans une famille où la vie semblait belle. Elle était très travailleuse et s'était facilement intégrée chez le puissant Konseïga. On aurait cru qu'elle y vivait depuis longtemps.

Un jour, M. Konseïga envoya son chauffeur chercher Pamela et la jumelle Marie qu'il avait déjà reçue deux fois chez lui après qu'elle lui avait dit s'être réconciliée « avec ma nièce, l'enfant de mon grand frère Alphonse ». Bien sûr, M. Konseïga savait que Marie était une bonne âme, qu'elle n'avait été que la victime de sa sœur jumelle. Maintenant, il la comptait parmi « ses enfants », elle pouvait venir le voir quand elle le voulait.

Le chauffeur était d'abord allé chercher Marie avant de passer chez les Sanfo. Le vieux Salif, un peu fatigué ces derniers temps, avait tenu quand même à aller vendre ses fourneaux. La vieille Safi, bien qu'elle ne boive plus, était sortie pour se changer les idées en discutant avec des voisines. Il n'y avait donc que Pamela à la maison, en train de faire la lessive en fredonnant *La vie est dure*, une chanson du groupe de rap Wemting Clan. Elle fut surprise de voir arriver sa tante Marie et le chauffeur de M. Konseïga.

- Tanty, oh, c'est toi ? Tu es avec Idrissa ? Quelle honte ! Je suis un peu sale, excusez-moi.

- Pamela, ce n'est rien, lui dit sa tante. Je n'ai pas eu le temps, moi non plus, de me rendre coquette ! Le chauffeur ne m'en a pas laissé le temps et je ne pense pas qu'il t'en laissera à toi. N'est-ce pas, Idrissa ?

- Ah, c'est que patron-là, quand il t'envoie chercher des gens, ah, il faut presser dê ! Sinon, son sourire là, tu ne vas plus le gagner (Idrissa avait vécu, quelques années, à Abidjan et parlait le français de rue des grandes villes ivoiriennes).

- Donc, Pamela, habille-toi. M. Konseïga veut nous voir.

La jeune fille s'essuya rapidement avec une vieille serviette, puis enfila une robe large qui lui descendait jusqu'aux mollets. Elle porta, en souvenir de son père, les chaussures que celui-ci lui avait achetées le jour où elle l'avait connu sans même savoir qui il était.

- Je suis prête, dit-elle.

Une demi-heure plus tard, Pamela et sa tante Marie étaient dans le salon de M. Konseïga qui, après leur avoir fait servir du jus de mangue, s'empressa d'appeler Elisabeth. Celle-ci arriva et s'agenouilla poliment :

- Me voici, père.

- Non, assois-toi confortablement, ma fille. Tiens, je te présente mes invitées. Elle, c'est Marie, l'une des sœurs d'Alphonse. Et Pamela, c'est la fille d'Alphonse. Mes enfants, je vous ai fait venir pour écouter ce que ma fille Isa a comme histoire. Cela concerne mon fils Alphonse, votre frère et père. Isa, raconte-leur tout.

Elisabeth raconta son histoire. « Vous savez, ajouta-t-elle, tante Larissa est devenue complètement folle. Elle ne sait plus ce qu'elle fait.

- Oh, folle ou pas, si les soupçons se confirmaient, elle saura de quel bois moi Konseïga je me chauffe. J'avais mis Alphonse en garde contre cette vipère ! Mais l'amour rend les hommes et les femmes aveugles et on ne peut plus les raisonner. En tout cas, j'ai tout fait pour que Larissa sache qu'Isa est arrivée au Burkina Faso, qu'elle a fui la Côte d'Ivoire pour éviter qu'une folle la tue. J'ai payé un journal local pour qu'il publie un article sur Isa et j'en ai fait autant avec un journal ivoirien. Bien sûr avec l'accord les policiers ivoiriens et burkinabè qui collaborent dans cette affaire. Actuellement, tous les faits et gestes de Larissa sont surveillés, mais elle ne le sait pas. Ce que je souhaite, et je prie Allah pour que cela se réalise, c'est que cette femme maudite vienne ici au Burkina, vous voyez ? Oui, elle pourrait venir ici pour essayer de retrouver Isa ! Dans les articles publiés, personne n'évoque son nom, et personne ne la soupçonne de quoi que ce soit. On a dit seulement qu'Isa se sentait menacée et a fui la Côte d'Ivoire. Ah, elle saura de quel bois je me chauffe, celle-là ! »

Les mains du vieil homme tremblaient de rage. On dirait qu'elles étaient impatientes de tuer.

- Merci pour tout ce que vous faites dans cette affaire, Père Konseïga, lui dit Marie.
- Oui, Dieu vous remerciera, ajouta Pamela.
- Alphonse, c'était mon enfant.

Pour la première fois depuis le début de cette affaire, M. Konseïga faillit pleurer. Mais il se domina et se contenta de hocher la tête.

Le commissaire Ouédraogo entrebâilla la porte de son bureau et interpella son assistant :

- Lompo, viens vite ! Viens, mon cher Lompo !
- Chef, on dirait qu'il y a du nouveau ?
- Viens seulement, Lompo. Viens, c'est tout !

Lorsque ce dernier eut refermé la porte, son supérieur hiérarchique lui annonça :

- Nous allons pouvoir interroger le principal suspect.
- Non ? Nous allons en Côte d'Ivoire ?
- Mais non ! Viens, je vais tout t'expliquer en route.

Une fois au volant de la voiture de police, Lompo put enfin écouter les explications de son supérieur : « C'est simple. Larissa Kouamé est au Burkina, à Ouaga même et je sais dans quel hôtel elle se trouve actuellement. C'est à cet hôtel que tu vas nous conduire. Tu sais, le vieux Konseïga, oh, avec l'argent, on peut aider une enquête ! Il a mis tous les moyens qu'il faut pour nous aider. Eh bien, les choses semblent marcher plutôt facilement ! Elle est un peu bête quand même ! Elle est arrivée là et croit qu'un hôtel est un endroit discret. Elle est venue sans doute pour tenter de retrouver cette Elisabeth, tu comprends ?

« Nos collègues ivoiriens, dès qu'ils ont eu la certitude qu'elle quittait leur pays pour le nôtre, m'avaient téléphoné pour m'avertir. Ils m'ont donné le numéro du vol qu'elle allait prendre et je n'avais fait que me renseigner à l'aéroport pour savoir l'heure exacte d'arrivée. J'étais donc allé à l'aéroport, avec M. Konseïga et Elisabeth. Nous nous étions si bien cachés que cette femme n'avait pas pu nous voir. Sinon...

« Quand elle est montée à bord d'un taxi, elle ne savait pas qu'on la suivait. Voilà comment je sais dans quel hôtel elle est. Ce matin, un jour seulement après son arrivée, nous allons lui rendre une petite visite de courtoisie. Je ne crois pas qu'elle soit si dangereuse au point que nous ayons besoin de toute une équipe ! Nous allons à deux et, si le besoin s'en faisait sentir, nous demanderions un renfort. J'ai ici un mandat de perquisition et d'arrêt. Bon, les menottes, toi tu en as au moins deux paires, je te connais, hein ? On dirait que ça te fait toujours plaisir de menotter les gens, je me trompe, hein, Lompo ?

- Patron, vous savez, il n'y a aucun plaisir à utiliser de tels moyens ! Mais ils sont souvent indispensables pour faire respecter l'ordre et la loi ! Que voulez-vous ?

- Je sais. Je te taquinais ».

Lompo était enchanté par cette nouvelle, lui aussi voulait tirer un profit de cette affaire. Après tout, sa collaboration avait été très efficace et parfois même déterminante. Le vieux Konseïga lui-même les récompensera et, c'est sûr, mettra son influence en jeu pour une petite promotion, c'est quand même quelque chose !

Une demi-heure plus tard, leur voiture s'immobilisa devant l'hôtel *La Palme*. Ils en descendirent pour se précipiter à la réception. Le commissaire Ouédraogo savait déjà dans quelle chambre se trouvait Larissa, mais il voulait en avoir la confirmation, et puis elle avait pu changer de chambre ! Mais elle était forcément dans le même hôtel, ça oui. Monsieur Konseïga avait payé une sorte de détective privé qui était là, quelque part, surveillant l'unique issue de l'hôtel. Lui Ouédraogo avait vu le détective et lui avait fait un petit clin d'œil, mais il n'allait quand même pas donner tous les détails à Lompo, quand même pas ! Le réceptionniste les accueillit avec un large sourire. Après qu'il les avait salués, le commissaire Ouédraogo lui dit, en lui présentant sa carte :

- Police ! Mlle Kouamé Larissa est-elle bien dans votre hôtel ?

- Ah Monsieur, c'est que nous n'avons pas le droit... Enfin, la vie privée des clients... Je ne sais pas si je dois... Je vais lui téléphoner pour voir si elle veut...

- Ne le faites surtout pas. Répondez seulement à mes questions. Vous n'avez pas de choix, un refus de collaborer vous coûtera cher et vous serez accusé de complicité avec cette femme. Nous avons un mandat. Quel numéro ?

- Euh... la chambre 11, premier couloir à gauche.

- Donc, elle n'a pas changé de chambre depuis hier.

Le commissaire et son assistant se dirigèrent vers l'escalier. Quand ils arrivèrent devant la chambre 11, Lompo tapa à coups brefs et répétés. « Ouvrez, police ! » Personne ne répondit. Lompo tapa encore et juste au moment où il allait crier, on ouvrit brusquement. Une dame au regard suspicieux apparut devant eux.

- Mme Kouamé Larissa, je suppose ! s'enquit le commissaire.

- Oui, qu'y a t-il ?

- Inspecteur Ouédraogo, mon assistant Lompo. Police criminelle.

Il en fallait plus que ça pour impressionner cette femme ! Elle les regarda des pieds jusqu'à la tête, avec mépris.

- Parce que vous êtes des policiers vous ne savez plus être galants ? Je suis une femme quand même ! Vous avez tapé à ma porte comme des sauvages. C'est quoi encore ces manières comme ça là, hé Dieu ? La vie là même, c'est quoi ? Quand on est policier-là, hein, c'est Dieu ça ? Policier, c'est quoi même ?

Elle fit un « tchrou » plus méprisant qu'un crachat au visage avant de leur demander, en baissant maintenant la voix, sans devenir pour autant plus aimable :

- Et pourquoi vous venez me déranger ce matin ?

- Nous voudrions vous poser quelques questions, si cela ne vous dérange pas, répondit le commissaire un peu déconcerté.

- Bien sûr que cela me dérange ! Mais la police, c'est comme un furoncle, quand vous l'avez aux fesses, y a pas de choix ! Nous pouvons aller prendre un verre au rez-de-chaussée pour mieux causer calmement, si cela vous dit, non ?

- Madame, merci pour votre gentillesse. Mais votre chambre serait plus appropriée. Vous n'y voyez pas d'inconvénient, j'espère ?

- Je vous rappelle que vous êtes deux hommes et que je suis une pauvre femme, seule contre vous !

Elle éclata de rire de façon assez vicieuse. De telles attitudes ne pouvaient que provoquer un petit doute. Cette femme avait-elle réellement quelque chose à se reprocher ? Si oui, quoi au juste dans cette affaire ? En tout cas, elle semblait si sûre d'elle-même qu'on pouvait bien se demander si elle ne constituait pas une fausse piste !

Très sûre d'elle, elle invita les deux hommes à entrer.

- Je suppose que c'est pour la mort d'Alphonse ! dit-elle d'une voix très détachée. Ce qui accentua encore le doute du commissaire sur son implication dans cette affaire. Donc, non seulement elle n'avait pas peur de la police, mais elle ne semblait rien craindre dans l'affaire Alphonse Sawadogo !

- Je sais que c'est pour cette affaire. Montrez-moi donc votre mandat. Après, je vous dirai si je vais vous parler ou non sans mon avocat. Vous savez, moi je suis une femme civilisée ! Je connais les droits d'une citoyenne.

- Madame, voici le mandat. Pour l'avocat, c'est à vous de voir.

- Non, je plaisantais ! Je n'en ai pas besoin. Je disais ça pour faire comme dans les films. Vous aimez le cinéma, vous ?

- Peut-être. Mais pour le moment, nous...

- Oui, Alphonse Sawadogo. Oui, nous avons été fiancés pendant trois ans. C'est dire donc si je le connaissais très, très bien ! Et comment ? Vous voyez ce que je veux dire. Vous voulez que je vous commande un verre ?

- Non, merci ! Continuiez-vous à entretenir des relations après votre rupture ? reprit le commissaire.

- Non, pas vraiment. Mais bon, trois ans d'intimité, ça crée des liens qui ne se terminent pas comme ça ! On était donc encore un peu amis, on peut dire ça comme ça ! Mais si vous voulez savoir si on couchait encore ensemble, alors là, pas du tout ! Alors là, franchement, si vous saviez quelle femme je suis devenue, vous n'auriez pas eu une telle idée ridicule. Vous êtes des porcs, vous ne pouvez donc penser qu'à ça ! Mais moi, je vis déjà dans une autre dimension, vous comprenez ?

Ses yeux rougirent.

- Madame, vous tirez des conclusions hâtives ! Je ne faisais nullement allusion à votre vie sexuelle. Ce n'est pas mon problème, vous comprenez ?

- Tant mieux pour vous. Mais, permettez que je vous dise une chose : ne me faites plus chier, vous comprenez ? Tout ce que j'ai à dire au sujet d'Alphonse, je l'ai déjà dit des dizaines de fois à d'autres policiers. Vous travaillez en collaboration avec les Ivoiriens, non ? Demandez le transfert de mon dossier, cela vous évitera de perdre votre temps et surtout de me faire perdre le mien.

Le commissaire répondit par un sourire sous le regard consterné de Lompo. Ce dernier ne comprenait pas que son patron se laisse ridiculiser par cette insolente. Mais après tout, il savait ce qu'il faisait.

- Je commence à en avoir marre avec cette histoire, reprit Larissa. Des questions, des perquisitions, encore et toujours. Qu'est ce que vous voulez, enfin ? J'ai déjà tout dit là-bas. Ne pouvez-vous pas me laisser tranquille pour une fois et chercher ailleurs votre assassin ?

- Mais qui a parlé d'assassin ici ? dit le commissaire Ouédraogo d'une voix calme.

- Je sais de quoi je parle, moi, commissaire Maigret !

- Je ne suis pas Maigret, Madame. Mais, merci pour le compliment. Et si vous me laissiez vous poser des questions ?

- Faites, allez, posez vos questions. C'est votre droit. Mais je ne suis pas obligée de vous répondre, nous ne sommes pas au tribunal, ni dans votre commissariat. Nous sommes à l'hôtel, dans la chambre que je paie. Vous êtes donc chez moi, d'accord ? Ai-je au moins le droit d'aller faire pipi, moi, dans les toilettes ? C'est à l'intérieur ici. Si vous ne me faites pas confiance, vous pouvez venir avec moi, ça ne me dérangera pas, d'accord ?

Elle se leva. Le commissaire et son assistant Lompo se regardèrent, inquiets. Larissa prit son sac à main qui traînait sur le lit. Elle l'ouvrit en faisant beaucoup de bruit et se mit à en déverser le contenu par terre. Des bijoux, des produits de beauté, des serviettes hygiéniques, des lames, une lime, etc. Tout à coup, Lompo bondit sur elle :

- Chef, elle a une bombe lacrymogène !

Lompo la maîtrisa, aidé par le commissaire. Ils lui retirèrent la bombe.

- Madame, vous êtes bien bizarre, vous, lui dit le commissaire. Vous n'avez rien à nous reprocher jusqu'à présent, quand même, non ? Pourquoi vouloir nous chasser de cette manière alors ? D'accord, vous souhaitez sortir de cette chambre, c'est ça ? On va vous aider à sortir d'ici. Allez, Lompo, les menottes !

C'est ainsi que Larissa fut menottée et amenée au commissariat à bord de la voiture du commissaire Ouédraogo, pour un interrogatoire dans de meilleures conditions. Elle semblait toujours imperturbable.

Plus tard, au commissariat. Le commissaire Ouédraogo essayait vainement, depuis une heure, d'arracher des aveux à son interlocutrice. « Mlle Kouamé, dit-il après un soupir, vous feriez mieux d'avouer. Nous avons contre vous suffisamment de preuves. Autant avouer ! » Larissa ne daigna même pas proférer un son. Le commissaire se mit soudain en colère. « Ecoutez Mlle, vous commencez sérieusement à m'énerver. Je n'ai que faire de vos attitudes hautaines et dédaigneuses...

- Je ne comprends pas ce que vous dites, fit-elle enfin. Sur quoi vous fondez-vous pour porter contre moi de telles accusations ? Vous délirez, commissaire !

- Madame, on verra si je délire. Votre dossier est déjà solide. En plus... Lompo, maintenant, il est temps. On a assez rigolé comme ça.

Le sergent Lompo sortit alors du bureau du commissaire Ouédraogo. Il y revint dix minutes plus tard avec Elisabeth, le principal témoin à charge. Dès que celle-ci apparut, Larissa se leva, furieuse. Si elle n'avait pas eu les menottes aux mains, elle lui aurait sauté dessus pour l'étranger.

- Ah, la traître ! Elisabeth, tu oses me faire ça à moi, moi qui t'ai tout donné après la mort de ta mère ? Tu oses raconter des mensonges sur moi ? Oh, tu ne t'en tireras pas comme ça, tu sais ? Tu ne t'en tireras pas du tout comme ça, fais-moi confiance, tu veux ?

- Bonjour Tanty, se contenta de dire Elisabeth. Le voyage n'a pas été trop fatiguant, je suppose ! En avion, c'est plus simple. Moi je suis venue en train et c'est des heures. Aïe ! Très fatiguant.

- Elle me nargue ! Ecoutez-la ! Elle me nargue, moi Larissa, écoutez-là ! Isa, tu as perdu la tête ou quoi ? Qu'est-ce qu'ils ont pu te dire pour que tu puisses avoir un tel culot ? Tu ne sais plus à qui tu parles alors ? Regarde-moi bien ! Je suis Larissa. Toi, tu n'es plus Isa, sinon, même si tu avais bu un tonneau de vin, tu n'aurais pas osé me parler comme ça. Je me trompe ?

Isa éclata de rire et s'assit à la demande du commissaire. Elle était tellement contente, fière d'elle dans cette histoire. Devant Larissa qui la traitait naguère encore en Côte d'Ivoire comme une esclave, elle était ce jour-là plutôt une reine. Son cœur était plein de joie. Ah, c'était une belle revanche !

Au bout de quelques minutes d'un silence pesant, le commissaire Ouédraogo décida de lire à Larissa tout ce qu'il savait maintenant sur elle et que la nièce Elisabeth pourra confirmer. Larissa semblait déjà perdre de son assurance, elle montrait les signes d'un abattement moral.

Le commissaire commença alors : « Il y a un peu plus de deux ans que vous avez commencé à fréquenter un certain Bajoc, soi-disant guérisseur. C'est une de vos amies qui vous l'a présenté alors que vous souffriez de douleurs abdominales que la médecine n'avait pu soigner puisque toutes les analyses que vous aviez faites n'avaient permis aucun diagnostic fiable. Donc, Bajoc était devenu votre salut, il avait réussi à faire reculer votre mal, même à le vaincre. Oui, il l'a vaincu puisque vous n'en souffrez plus !

« A partir de là, vos relations se sont consolidées et votre maison, à vous, est devenue le lieu des rencontres entre des gens hétéroclites. Bajoc, le chef du groupe, y dirigeait des cérémonies mystiques aux cours desquelles les membres entraient en transes. Ces réunions se tenaient naturellement très tard dans la nuit. Au fur et à mesure que le temps passait, vous investissiez, vous personnellement, tout votre argent et votre temps dans cette organisation.

« Très récemment, et hélas pour vous, votre nièce qui vivait avec vous depuis la mort de sa mère, a surpris Bajoc en train de faire un sacrifice avec le cadavre d'un bébé de quelques mois sans doute fraîchement déterré. Ecœurée et vous croyant étrangère à cela, elle se confia à vous bien entendu. Décision fut prise avec Bajoc de la tuer. Mais la pauvre ayant deviné cela a fui de votre maison pour quitter la Côte d'Ivoire en vue de se réfugier ici.

« Pour en revenir au meurtre qui nous concerne, votre nièce m'a confié que plusieurs fois, vous aviez parlé de « sacrifices supérieurs » ou « sacrifices purificateurs » en nommant des personnes. Elle n'avait compris le sens de ces mots que le jour où, en lisant le récit d'un fait divers au sujet de la mort suspecte d'un certain M. Traoré Lassané, elle eut un déclic. Elle se rappela alors qu'une nuit, votre assemblée avait parlé de ce Traoré comme étant le prochain « animal » pour le sacrifice purificateur. Une semaine après, il était assassiné. D'autres personnes, qui avaient été vos proches à un moment ou à un autre, ont été tuées de la même manière, parce qu'il vous fallait un sacrifice tous les deux mois. D'ailleurs, Elisabeth m'a affirmé que la nuit du 8 juin, Bajoc est venu vous dire au revoir en vous assurant de votre bonheur après ce dernier sacrifice ».

Le commissaire marqua une pause et reprit : « Ce témoignage et ceux des autres membres que l'on a interpellés – vous l'ignorez, oui apprenez-le, les autres membres de votre secte sont actuellement entre les mains de la police ivoirienne, excepté Bajoc, votre chef qui sera arrêté sous peu – tout cela nous permet non seulement de prouver votre culpabilité, mais aussi de démanteler votre secte.

- Vous pouvez contester mes éléments, vous pouvez contester ce que Isa dit avoir vu ou entendu.

- Non, elle ne peut pas, dit Isa. Elle sait que c'est la vérité, que je n'ai rien inventé.

- Tais-toi, idiote ! hurla Larissa. Tu ne sais même pas de quoi tu parles ! Qu'est-ce que tu sais, toi, de la vie, hein, idiote ?

Elle se tourna vers le commissaire.

- Monsieur, vous me blessez profondément en parlant de secte. Traiter notre association de secte me blesse profondément, oui ! Vous ne savez pas de quoi vous parlez. Vous me faites pitié ! Je vais tout vous dire, moi, et ne me croyez pas en train de regretter quelque chose, vous m'entendez ? Bajoc n'est pas un criminel, pas plus que moi.

Elle se mit à pleurer doucement. Il ne restait plus rien de la Larissa hautaine et sûre d'elle. « Je vais tout vous avouer. Je vois que ça ne sert à rien de vous cacher la vérité. Quand vous aurez tout entendu, vous verrez que nous avions raison de faire ce que nous faisions. Notre confrérie n'est pas une secte et Bajoc est le plus généreux, le plus brave des hommes. Mais cela, vous ne pouvez le comprendre ».

Son regard s'illumina en parlant de Bajoc :

- Il nous a tant aidés, c'est un homme extraordinaire. Il a eu le privilège d'être choisi par les forces de la nature pour aider ses semblables. Il avait déjà eu à apporter le bonheur à d'autres membres du groupe. C'était mon tour et j'étais prête à tout !

- Et il vous fallait, pour ça, tuer des innocents ? intervint le commissaire, visiblement indigné.

Larissa sourit de façon narquoise : « Faux. C'étaient des sacrifices purificateurs qui m'auraient délivrée des forces du mal. Ces cinq hommes avec qui j'ai eu des relations intimes m'avaient souillée. Ils ont sali, involontairement mais tout de même sali, mon âme et m'ont enchaînée au malheur. Après leur sacrifice, j'aurais été assez pure pour recommencer ma vie : fonder une vraie famille, avoir des enfants, des amis véritables... Mais cette idiote d'Isa a tout gâché, la maudite.

- C'est vous qui êtes maudite ! s'exclama Elisabeth.

- Oh, laissez-la délirer, fit le commissaire ».

Larissa le dévisagea étrangement et se remit à pleurer doucement. « Bajoc, sanglota-elle, pardonne-moi ». Son interlocuteur, n'ayant pas le temps de s'attendrir, reprit durement.

- Dites-moi comment vous avez fait en ce qui concerne la dernière victime.

- C'est Bajoc qui est venu ici accomplir la cérémonie, car il est le seul habilité à le faire pour le bien des élus. C'est un grand. Je vous ai dit qu'il est innocent. Jamais il n'a tué personne. Il lui avait suffi de regarder Alphonse droit dans les yeux, de lui dire pourquoi il était coupable et comment il devait mourir pour son propre bien et pour le mien, il lui avait suffi de dire ça pour que Alphonse accepte de se suicider en prenant un produit que Bajoc a toujours sur lui pour aider les gens à mourir. Il n'utilise aucune arme. Il ne tue personne de ses propres mains. Les gens se tuent, parce qu'ils comprennent qu'ils n'ont plus que ça à faire.

Le commissaire ne sut plus quoi dire devant un tel délire. « Vous étiez sur place pour constater qu'il n'y avait pas une arme pointée sur Alphonse lorsqu'il buvait son poison ? Avez-vous pensé une minute à toutes vos victimes ? » objecta t-il finalement. Larissa Kouamé ne semblait plus l'entendre. Et quand bien même elle l'avait entendu, à quoi cela aurait-il servi ? Il ne restait plus qu'à souhaiter que la prison lui rende ses esprits. Pour l'instant, il ne pouvait plus rien tirer d'elle.

- Enfin, vous savez, il y a trois personnes qui souhaitent vous regarder droit dans les yeux avant la confrontation au tribunal. Lompo, faites entrer...

Le commissaire n'avait même pas encore fini de parler que la porte de son bureau s'ouvrit. M. Konseïga entra, puis Pamela et Marie. Le puissant Konseïga se pointa devant Larissa.

- Madame, nos chemins se croisent encore.
- Ah vous ? Vous ? Voilà des gens que Bajoc aurait poussés vers les ténèbres pour le bonheur de l'humanité. Vous, écoutez-moi : vous êtes une vipère, le mal absolu.

Elle détourna les yeux. M. Konseïga ne dit plus mot. Il ressortit, suivi de Pamela et de Marie.

Alors, le commissaire Ouédraogo ordonna à Lompo et à deux autres policiers de conduire Larissa Kouamé dans sa cellule.

- Tante, lui dit Elisabeth, soudain triste, j'ai fait ça pour ton bien. Tu es malade, maintenant on va te soigner.

Larissa Kouamé regarda longuement sa nièce. Puis, avant de se laisser amener, elle dit :

- C'est moi-même qui aurais dû te tuer depuis longtemps, nuisible ver de terre.

Elle se laissa entraîner vers sa cellule. Pour elle, une autre vie commençait. Elle sera extradée sous peu en Côte d'Ivoire pour ses nombreux procès.

Seul maintenant dans son bureau, le commissaire Ouédraogo laissa son esprit vagabonder. « Pauvre humanité ! » songea-t-il.

Puis, il se leva pour s'en aller.

Couchée dans sa chambre, Aïda, vivant maintenant en France, décacheta la lettre de Pamela qu'elle venait de recevoir.

« Salut Aïda.

« Je suis si heureuse de pouvoir t'écrire pour prendre de tes nouvelles. Moi, je me porte bien, à part le BEPC qui me pose quelques soucis. Quand je pense que ça fera bientôt dix mois qu'on ne s'est pas revues ! Ma vie a bien changé. Depuis que j'ai hérité de mon père, je dois avouer que ma vie est bien plus simple. Maintenant, je peux dire que j'ai d'autres parents, que ma famille s'est élargie : Tante Marie, M. Konseïga et Elisabeth qui est devenue sa fille adoptive. Bien sûr, je vais donner une part de mon héritage à Tante Marie ! Mes grands-parents, quant à eux, se sont fait construire une belle maison dans notre ancien quartier où ils vivent heureux, admirés par ceux qui, jadis, se moquaient d'eux. Tu sais, je suis bien décidée à travailler dur à l'école pour avoir une instruction solide qui me permettra de gérer plus tard les biens de mon père.

« Ah Aïda ! Je suis tellement heureuse que parfois je me réveille en pleine nuit pour vérifier que tout cela n'est pas un rêve. Il m'arrive aussi d'avoir honte de mon bonheur alors que les deux personnes à qui je le dois sont mortes de façon tragique. Ridicule ! diras-tu. Ma grand-mère dit qu'au contraire, mon père et ma mère doivent être heureux et fiers de moi. Hier, je suis allée au cimetière pour leur dire merci et pour leur pardonner le tort qu'ils m'auraient fait selon mon grand-père. J'avoue que je ne comprends pas très bien ce qu'il a voulu dire par-là. M'ont-ils vraiment fait un tort ? La vie est compliquée, c'est ce que je pense. Allez, je vais finir par t'ennuyer avec mes histoires. J'arrête là.

« A la prochaine.

« Pamela »

« Enfin, un peu de bonheur pour elle dans la vie ! » songea avec joie Aïda. Puis, elle plia la lettre et la posa sur sa poitrine. Elle fixa un long moment le plafond et finit par sourire en murmurant : « L'homme à la bagnole rouge ! »

Soudain, ses yeux s'emplirent de larmes.

625185 - Octobre 2015
Achevé d'imprimer par